eSTa
iNdESC
LiBE

IGOR MENDES

RITÍVEL
RDADE

FARIAESILVA
EDITORA

A José Salles Pimenta (*in memoriam*) – e a todos os que dedicam a fazer da liberdade algo mais do que uma palavra.

Nadie nos prometió un jardín de rosas
Hablamos del peligro de estar vivo.
FITO PAEZ

APRESENTAÇÃO

Este livro teve um parto longo e doloroso. Todos têm as suas gavetas íntimas, onde moram as angústias, as paixões, as solidões. Não obstante, trabalhando cada vez mais, recebendo cada vez menos, as pessoas focam quase sempre no hoje, agora, e guardam os sonhos e as dores para momentos específicos. Para escrever, ao contrário, é preciso espremer novas e velhas feridas, e sonhar, e sangrar, respeitando, entretanto, a gramática e a técnica. Nada de sentar, escrever e ponto. Sempre a carne viva. Além disso, há as condições externas, que tornam o "fazer literatura" algo ainda mais incerto, num momento em que nos faltam tantas coisas essenciais. Não reclamo: talvez, enredado em facilidades, eu escrevesse receitas para "vencer na vida". Felizmente, não tenho sucessos deste gênero para narrar. Afinal, a criatividade nasce ali onde começam os problemas; onde as respostas já estão dadas, basta seguir o que outros fizeram.

A primeira versão deste livro nasceu ainda antes da publicação de *A pequena prisão*, e tratava apenas de um jovem confuso e seus amigos adolescentes, varando os subúrbios cariocas em noites de dor, revolta, drogas e brigas. Vozes antigas, pedaços de gente que há muito foi embora, atormentavam minha mente, e o livro tratava basicamente disto – um exercício de expiação, como, suponho, é quase toda literatura. As roupas, as gírias, os aspectos exteriores funcionam apenas como gatilhos para narrar aquilo que realmente me interessa, isto é, as mentes inquietas por detrás das roupas, das gírias e dos aspectos exteriores.

Com o tempo, as leituras repetidas e a inestimável ajuda de amigos generosos, a estória foi crescendo, crescendo, e, curiosamente, com ela também as suas personagens: estas ganharam os primeiros fios de cabelos brancos, casaram, descasaram, viram nascer calos nas suas almas. Como os filhos, elas, uma vez vindas ao mundo, têm vida própria, impõem-se aos seus criadores, atormentam-nos. No pano de fundo, o Rio de Janeiro, contado pelo avesso – um Rio distante da praia, sem samba ou carnaval, precário, caótico, enfim, a cidade pela qual eu sempre transitei e que ainda assim consegue ser surpreendentemente bela na sua rudeza.

Os que me conhecem podem perceber, aqui e ali, fragmentos de histórias que eu contei alguma vez, trejeitos familiares nesta ou naquela personagem etc. A razão não é outra senão o fato de que só podemos criar a partir do que vivemos. Como dizia o mestre Graciliano, "só conseguimos deitar no papel os nossos sentimentos, a nossa vida. Arte é sangue, é carne. Além disso, não há nada". Há, sim, não em uma só, mas em todas as personagens, algo de mim mesmo. O que não quer dizer muita coisa, num mundo em que até os grãos de areia humanizaram-se. Afora este barro original, é tudo ficção.

Falo, ainda, dos marginalizados, daqueles que se sentem eternos estrangeiros dentro do seu próprio país. É para esta enorme legião dos desajustados, dos descontentes, dos inconformados, que eu escrevo, porque é deles a minha simpatia desde sempre.

P.S.: Este livro já estava finalizado quando fomos atravessados pela pandemia. Creio que, de certa forma, todos somos hoje (ou voltamos a ser outra vez) Andrés à procura de uma resposta simples para este problema chamado liberdade. Muitos descobrem que os pequenos luxos acumulados nas suas casas, que pareciam antes tão importantes, e acolhedores, não passam de futilidades caras. Quanto vale uma boa noite passada sob o céu estrelado? Ou os dias de luta, em que sentimos estar mais próximos dos nossos sonhos? Afasto, da minha parte, qualquer possibilidade de resposta individual para a questão fundamental aqui tratada: como tudo o que é verdadeiro, ela só pode ser construída por muitas mãos, e não sem os tropeços inerentes à caminhada. Embaixo da cidade oficial, pulsa a cidade cinzenta e calorosa dos excluídos, que nunca foi tão numerosa. Vestindo andrajos, aglomerando-se nas portas dos hospitais ou das agências bancárias, pessoas que jamais lerão este livro guardam uma semelhança incrível com algumas das suas personagens. Suspeito que as reviravoltas que nos esperam nos próximos anos dependem, em grande medida, menos das angústias existenciais das pessoas remediadas que das cruas necessidades desta gente cronicamente invisível e abandonada. Excluída do mundo das letras, ela é a fonte viva da arte que perdura. *Todo o resto passa.*

PREFÁCIO

A ENORME LEGIÃO DOS DESAJUSTADOS

"Falo dos marginalizados, daqueles que se sentem eternos estrangeiros dentro do seu próprio país. É para esta enorme legião dos desajustados, dos descontentes, dos inconformados, que eu escrevo, porque é deles minha simpatia desde sempre".

É desta forma que Igor define o vetor de endereçamento de sua escrita. Ela fala constantemente de vidas quebradas pela violência da opressão do estado brasileiro sobre as classes economicamente desfavorecidas e vulneráveis, mas também de vidas desajustadas pelo desejo de respirar, de recusar os papéis sociais que nos são impostos como o peso de um destino de silêncio. Essa é uma escrita que recusa a invisibilidade a que normalmente são destinadas as vidas em revolta nas periferias das grandes cidades brasileiras. Vidas, em muitos casos, curtas por se moverem em uma rede de balas perdidas, de extorsão miliciana, de guerra civil não declarada, de leis de traficantes.

Assim, seguimos um personagem, com características de alter ego do autor, na formação política de sua raiva. Trajeto que passa pelas várias etapas do desejo por uma alternativa. Como muitos jovens nos anos oitenta e noventa, a solidariedade interna a movimentos como o punk terá um espaço decisivo na narrativa. Pois tais vínculos eram tudo menos uma oportunidade de escape e entretenimento. Eles eram o espaço de procura em produzir outra forma de vida, em assumir para si a força do não conformismo e da não integração. Não conformismo que acabará por encontrar um espaço de sustentação na escola, na assunção da profissão de professor, como se fosse questão de recusar a divisão social do trabalho que impera de forma tão brutal na sociedade brasileira.

Como professor, André será surpreendido por alunos a procura da definição de liberdade, submetidos às formas de sujeição que perpassam as relações da família, da comunidade, do estado. Neste processo, nasce a descrição das formas múltiplas de lutas, em seus níveis os mais variados. Isto talvez dê à perspectiva do narrador essa generosidade tão característica de suas descrições daqueles e daquelas que aparecem e desaparecem de seu contato. Mesmo presos em seus contextos desprovidos de alternativas, eles se batem contra os muros, eles procuram formas de escape, e é desta perspectiva que eles sempre são vistos.

Desta forma, o livro se impõe como um documento raro a respeito da experiência da recusa e da revolta. Ele não é mais uma descrição das camadas de violência que envolvem a sociedade brasileira e sua lógica de naturalização da morte daquelas e daqueles submetidos a espoliação contínua. Na verdade, ele é uma cartografia das revoltas de um povo que, mesmo massacrado, recusa-se a baixar a cabeça, desde sua mais tenra idade.

VLADIMIR PINHEIRO SAFATLE
Professor titular do departamento de Filosofia da Universidade de São Paulo (USP)

I

Sinto meu coração bater, acelerado. A boca feito lixa, de tão seca. Nossa conversa ainda não terminou e, a depender do desenlace lá de baixo, pode ser que não termine jamais. Bobagem esta coisa de "enterrar o passado": ele é teimoso e fica. De algum modo, tudo é passado, acumulado, camada sobre camada. A vida é uma coisa só, novelo que não se acaba e que vai se emendando.

Súbito, o céu se ilumina: soltaram fogos. Por pouco, a menina que anda à minha frente não teve o fio da sua existência cortado. O céu vestido de negro deve saber muitas coisas, mas não diz nada. Nossos pobres corações cansados devem descobrir o caminho sozinhos.

As perguntas nunca se aquietam dentro de mim. Dentro dele, pelo que vi, também não. É um jogo perigoso: na dose errada, esse zunzunzum da consciência pode estragar uma pessoa; na dose certa, os ventos frescos da mudança vêm daí, as soluções revolucionárias, as mais belas criações. Ao menos, fiz o que me parecia correto. Aguentar as consequências é sempre um problema de convicção.

Sinto a arma encostar às minhas costas. Não foi de propósito, ele apenas tem pressa. Bato nos calcanhares do Célio, que apressa, por sua vez, as mulheres.

Já bem dentro do matagal, avisto cruzes enterradas. Meu coração para, como a cidade às vezes para, embaixo das enchentes, ou enlutada pela perda dos seus filhos. Chegamos numa pequena clareira. Pelo visto, será este o nosso esconderijo. Ou seria cativeiro? Ausentes as grades, a escuridão nos encurrala.

Chico Aço ordena:

– Fica entocado, quieto, não sai por nada. Nessa mata, nem bicho se arrisca numa hora dessas.

A sua voz é autoritária, agora. Do trato amistoso de há pouco, só um resto de brilho nos olhos, que eu mal posso distinguir na penumbra.

Ao fundo, tiros.

Como as coisas puderam chegar a este ponto?

Atrás, caminhos sinuosos; à frente, uma longa madrugada. De certeza, apenas, a vontade de não sucumbir.

II

Eu devia ter de nove para dez anos. Nessa época, na parte de trás da rua onde morávamos, começaram a chegar os novos vizinhos, que logo ocuparam o prédio da antiga fábrica de refrigerantes, abandonado. Depois, o terreno baldio ao seu redor e além. A cada dia o amanhecer vinha encontrar novos barracos erguidos na véspera, como que por encanto. Crescia aquele sonolento pedaço de Realengo, próximo à linha do trem; barrigas cheias de miséria vinham disputar espaço junto à nossa pobreza remediada.

Um dia, tia Carmen, chegando de manhã cedo lá em casa, viu um garoto dormindo no nosso quintal. Com seu jeito particular, falando alto e gesticulando muito, perguntou-lhe:

– O que você está fazendo na casa dos outros, menino?

– Desculpa, tia, a polícia entrou lá no morro, fiquei com medo de subir.

– Meu Deus! Sua mãe deve estar desesperada atrás de você!

– Tenho mãe, não, senhora.

Eu observava tudo da janela, que dava para o quintal. Tia Carmen, desencontrando as palavras, pôs as mãos na cintura e não era difícil adivinhar o que pensava: "esse mundo está perdido".

– Você não pode ficar aqui, não. Mas antes de ir embora vamos entrando, que tem pão. Ô Leila – completou, berrando para minha mãe do lado de dentro – vamos ter que dar um jeito de aumentar o muro dessa casa!

Saí do quarto e fiquei olhando, espantado, aquele garoto com roupas mais puídas que as minhas, sentado à mesa, bebendo café com leite. Ele comia com sofreguidão e nem notou quando eu me sentei ao seu lado. Depois, satisfeito, pousou os olhos em mim e perguntou, como se já não fosse necessária qualquer apresentação:

– Você não vai comer?

– Qual é seu nome?

– Pode me chamar de Sonho.

– Sonho?

– É. Sonho, o meu doce favorito.

III

Nunca esquecerei o meu primeiro contato com a morte. Eu voltava da escola, atravessando a linha do trem, através de um buraco no muro que os próprios moradores haviam aberto. No meio do caminho, curiosos aglomeravam-se, uma mulher falava:
— Pelo amor de Deus, alguém tira as crianças daqui!
Fiquei ainda mais curioso. "Tão novo!", ouvi alguém dizer, num lamento. "Mas também", ponderou outro, "lugar de surfar é na praia, não em cima do trem".
Homens carrancudos, de uniforme – seguranças da ferrovia – falavam ao rádio, sem parar.
Abri passagem com dificuldade. De repente, estaquei, horrorizado: diante de mim, um sujeito com a roupa suja, os olhos esbugalhados, a língua para fora da boca. Tinha os cabelos desgrenhados e era bem jovem. "Morreu de choque", diziam uns; "choque nada, morreu da queda mesmo", diziam outros, como se a morte, em si, não importasse.
Pipas tracejavam o céu azul, não longe dali.

À noite, arrependi-me da curiosidade, porque fiquei mais de uma semana sem conseguir pregar os olhos, a imagem da morte perseguindo os meus pensamentos, qual afiada linha de cerol.

Isto foi antes de a favela da Vila Vintém crescer; antes de passar a ser comum encontrar policiais na porta de casa, de manhã cedo; antes de ver meninos descalços carregando corpos esquartejados, em carrinhos de mão. Um tempo em que ainda havia pureza, senão no mundo, ao menos dentro de mim.

IV

Outro dia, na escola, fazendo a chamada, percebi que o Luís dos Santos já completara um mês de faltas. Custo a gravar o nome dos alunos, mas ele se destacava nas aulas, era participativo. Na hora do intervalo, procurei a representante do grêmio, que fumava na quadra desativada:

– Clara?

Ela tirou os fones de ouvido, insatisfeita, talvez esperando que eu perguntasse pelas suas próprias faltas. Nos seus olhos, uma interrogação cheia de má vontade.

– Que foi?

– Você tem notícias do Luís, da 1106? Ele não aparece na escola há um tempão.

– Jura que você não sabe?

– Sei do quê?

– O irmão dele vacilou na boca, sumiu com dinheiro da caixinha, deu merda. Passaram ele.

– *Passaram* ele?

– É, passaram. Mataram! O caso foi tão sério que a família toda teve que meter o pé. Ordem do dono do morro.

Claro que eu sabia o significado de "passaram". Mas é que eu mesmo fiquei "passado" com aquela notícia atroz, contada assim, com a maior naturalidade, por uma adolescente de quinze anos. Talvez o meu espanto fosse mesmo injustificado, porque não era a primeira vez que me deparava com uma situação daquelas, nem seria a última. Mas, caramba, como podem tantas tragédias numa cidade dessa, cheia de sol? No fundo, acho que eu também estou acostumado, apenas insisto em fingir que não.

V

A favela está sempre lá, imensa, indecifrável.
    Acho que eu nunca chegarei a conhecê-la por inteiro, no máximo, alguns recortes, apanhados aqui e ali. Interpretá-la é trabalho para uma vida, muitas e muitas cabeças pensantes. Tarefa que caberá, decerto, à gente que nasceu e cresceu no meio do seu fluxo contínuo, movendo-se naquele universo particular como um peixe n'água, sempre fugindo do próximo predador.
    De repente, a guerra atravessou a minha infância. Muitas vezes, Sonho dormia lá em casa, impedido de subir o morro. Como ele, vagavam sem rumo muitos outros moradores da Vila Vintém, feitos refugiados no seu próprio país. Isso ocorria quando havia operações policiais ou disputas entre bandos, compostos eles próprios de meninos apenas um pouco mais velhos do que nós, que varavam a rua deserta, pisando o chão com os pés descalços.
    Nessas ocasiões, víamos TV até tarde e minha mãe fazia questão de preparar uma comida mais saborosa. Talvez fosse esse o seu jeito peculiar de combater nessa guerra.

De todo modo, Vila e bairro, tão próximos, pareciam separados por uma fratura cada vez maior. Os que viviam no asfalto faziam questão de falar, quando lhes perguntavam, que moravam "nas casas". Os moradores da Vila simplesmente não falavam nada.

Para as crianças, no entanto, essa divisão não era tão rígida, porque todos estudavam na mesma escola. A única alteração sensível que percebi (essa realmente bem importante), foi que o critério para montar os times-contra passou a ser quem morava "no bairro" contra quem morava "na Vila". Os do bairro chamavam os times da Vila de favelinha. Os da Vila chamavam os do bairro de *playboys*. Em pouco tempo, o que era apenas um jeito cômodo de organizar as coisas transformou-se numa rivalidade encardida, e no campinho de terra ali perto disputávamos verdadeiros Brasil e Argentina.

Até que eu finalmente descobri o real tamanho daquela fratura.

Um dia, voltando da escola, Sonho e eu encontramos a rua tomada por viaturas policiais. Eram Blazers sujas, com marcas de tiros na lataria, geringonças que pareciam ter saído de algum filme de ficção científica. Nas patrulhas, grupos de homens com balaclavas, intimidadores. Pareciam soldados de verdade, vindos diretamente do Iraque. Sonho baixou a cabeça, eu o imitei. Quase em frente à minha casa, um policial ordenou:

– Para aí!

Estaquei. Não articulava palavras, pensamentos, nada; olhava, atônito, uma pistola que reluzia e cravava seu foco gélido em meus olhos congelados.

– Você não. O neguinho, o neguinho! – falou o homenzarrão.

Olhei para o Sonho. Ele estava pálido, mas me disse:
– Vai pra casa, André.

Saí sem pensar em nada, a perna agindo por conta própria. Depois de atravessar o portão, olhei para trás: Sonho, com os braços abertos, era revistado, enquanto outro policial revirava sua mochila.
– Que foi, André? Que cara é essa? – perguntou minha mãe.
– O Sonho ficou lá fora. Com a polícia.
– Com a polícia? Por quê?
– Mandaram a gente parar. A gente não, ele.
Minha mãe fechou a cara. Achei que faria alguma coisa, mas não fez. Falou:
– Vai tomar banho, vai ficar tudo bem.
Corri para a janela, para ver o que acontecia. Os policiais falavam com alguém:
– Infelizmente, temos que fazer. A vagabundagem usa criança de uniforme pra transportar droga. É o nosso serviço, temos que fazer.
Enquanto isso, Sonho catava seu estojo, uns pedaços de papel, lápis de cor, que se haviam esparramado pelo chão. Quando terminou, quis chamá-lo para entrar lá em casa, mas a voz não saiu da minha garganta. Acho que a voz dele também estava escangalhada, porque ele foi andando sem olhar para os lados, os pés arrastando no chão, pesados como melancia.
No dia seguinte, Sonho não apareceu na escola, e eu fiquei por ali, zanzando dentro de mim, tentando entender por que os policiais fizeram aquilo com ele e não comigo. Qual era a diferença entre nós dois?
Desde então – eu tinha dez anos – comecei a desconfiar que o mundo podia ser mais difícil de entender do que uma prova de matemática. Com o tempo, essa desconfiança só aumentou.

VI

Naquela época, o meu universo se resumia à rua de casas baixas e às idas e vindas da escola. As minhas maiores aflições estavam contidas no sorriso amargo de minha mãe, nas lágrimas de minha irmã, no pavor da ira de titia. Leila, Carmen e Nina eram para mim figuras sobre-humanas, belas, estranhas, fortes, frágeis, amáveis, incompreensíveis, necessárias. Falar de minha vida significava falar delas, falar delas significava falar de minha vida.

Da minha mãe, lembro-me dos seus cabelos compridos e da longa tristeza dos seus olhos, de um castanho infinito. Ela não se parecia com as mães dos meus amigos, coradas e sorridentes, com seus maridos entediados. Não nos buscava na escola, nem saía com frequência da redoma segura em que vivia. Quando a víamos nos esperando, sabíamos se tratar de ocasião especial, e corríamos tomados de felicidade pela felicidade dela. Estes lampejos alegres costumavam coincidir com as aparições de meu pai, e atingiam picos cuja altura só era igualada pelo desfiladeiro em que caíam quando ele se ia.

De vez em quando, titia nos levava para passar uns

dias na sua casa, no Méier. O que hoje não é mais do que uma curta viagem de trem, era então incrível como seria desbravar novos continentes. No lugar das casas, prédios; das calçadas esburacadas, pequenos canteiros com árvores recém-plantadas; dos terrenos baldios, estreiteza e engarrafamento.

Tia Carmen era o oposto da irmã. Devido à morte de minha avó, teve que cuidar da caçula desde cedo. Seu pai logo se casou com outra mulher e contentava-se em pagar as poucas despesas das filhas, mantendo-se o mais distante possível. Contrastando com o corpo frágil, sua vitalidade de gestos e falas parecia inesgotável. Seus passos eram curtos e rápidos, enérgicos.

Minha mãe dizia que, na juventude, ela teve alguns namorados, mas não hesitava em despachá-los ao suspeitar intenções mais sérias. Quando isso acontecia, chorava sozinha no quarto, mas não dava o braço a torcer. Depois de uma semana, tocava a vida, como se nada tivesse acontecido. Dizia com orgulho: "não preciso de homem para nada".

Leila, ao contrário, sempre teve dificuldades com o lado prático das coisas. Seu mundo girava em torno de antigas baladas e das telenovelas, sua principal companhia. Se alguém batesse à porta de casa pedindo coberta ou comida, era impossível que saísse de mãos vazias. Com ela aprendi que um pão pode ser dividido em quantas partes ordene a consciência. Leila era doce, dona de um sorriso extraordinário. Ainda era uma adolescente quando se apaixonou por meu pai, enquanto ele tocava violão na porta da sua escola, atrás de uns trocados. "Herança de família", dizia nossa tia, com sarcasmo. Mamãe nunca brigava conosco, mas, se víamos seus olhos se entristecerem, cedíamos ao que quer que fosse. Funcionava mais do que qualquer castigo.

VII

Jamais poderei esquecer aquele esplendoroso sábado ensolarado. Pela primeira vez, fomos com minha tia à zona sul da cidade. Ao longo da interminável avenida Brasil, uma passarela, depois outra, e tantas que eu até perdi a conta. Às suas margens, amontoavam-se os casebres e galpões abandonados, em que viviam e sofriam os ribeirinhos urbanos. Nos muros, pichações, sujeira, cheiro de esgoto, fumaça, tudo fascinante e ameaçador ao mesmo tempo.

Após o túnel, o avesso: jardins vistosos, letreiros enormes, pessoas se exercitando ao ar livre, beira-mar. Eu não achava aquilo bonito nem feio, porque sequer entendia o que representava. Era como se, cruzando o espaço, eu passasse de uma época a outra. A mesma fratura que havia entre o bairro e a Vila, mas de um jeito diferente, maior, talvez, ou mais profunda. Ao mesmo tempo, a descoberta desta dúvida, a vontade de decifrá-la, aguçava o meu olhar, empurrava-me para a frente, até que tia Carmen gritava:

– Calma, André. Sua mãe não vai fugir!

Finalmente chegamos a um portão de ferro.
– Aqui é a Praia Vermelha. – Explicou-nos titia. – Já, já vocês vão ver a sua mãe.
E, virando-se para minha irmã, disse:
– Nina, me promete que não vai ter choradeira hoje.
Não perguntava, exigia.
Chegamos a um outro portão, onde tivemos que esperar. Minha tia entrou para falar com uma atendente, enquanto Nina e eu nos sentamos num banco. Dali a pouco, veio até nós uma moça uniformizada, sorridente, carregando nas mãos uma folha de papel.
– Olha, que garotinha linda! – disse, olhando minha irmã. – Tudo bem, amiga?
– Tudo – respondeu Nina, abrindo um sorriso curioso.
– Você quer que eu faça uma rosa-dos-ventos pra você?
– Eu vou ter que pagar?
– Não, não – disse a desconhecida, gargalhando – para os amigos eu faço rosa-dos-ventos de graça.
Depois de uma eternidade, tia Carmen reapareceu, trazendo mamãe. Antes que ela falasse qualquer coisa, Nina já chorava, para variar.
– Não sei por que a nossa tia ainda pede tua promessa – repreendi-a.
Queria encontrar algo que justificasse a minha raiva. Por que eu não estava alegre? Por que é que eu deveria estar alegre?

VIII

Estávamos num hospital psiquiátrico. Minha mãe tentara se matar no banheiro de um botequim, após receber carta de meu pai colocando um ponto final na relação. Por sorte, foi resgatada a tempo, os pulsos cortados, exangue. Claro que naquela tarde distante eu apenas suspeitava o que acontecera, minha consciência formando um mosaico incompleto a partir de impressões e palavras soltas ditas por titia.

A vida soprava no pátio arborizado do hospital: pãezinhos e bolos, toalha estendida pelo gramado, piquenique. Uma senhora jurava ser a Princesa Isabel; um velho, marinheiro da Segunda Guerra Mundial. Se verdade ou delírio, pouco importava. Encontramos ali uma felicidade insuspeita, risos e paz.

Saí agoniado por um duplo sentimento. De um lado, sentia o alívio por rever minha mãe, por saber que ela logo estaria de volta; de outro, a tristeza em deixá-la ali. Quem pode saber o que acontece depois que o portão se fecha? Como ter certeza de que a tranquilidade não se converte em aflição? Enquanto eu era inundado por essas dúvidas, tia Carmen falava para Nina, com o dedo em riste, severa:

– Regina, nunca namore, nunca case e, se fizer essas duas besteiras, pelo menos, não tenha filhos. Promete?

Nina, sete anos, fazia que sim com a cabeça, enquanto lágrimas teimosas escorriam pelas suas bochechas. Não sei por que tia Carmen perdia tempo: minha irmã prometia tudo que lhe pediam.

IX

Quando, recém-formado, comecei a dar aulas no Complexo do Alemão, reencontrei-me com a favela. Isso foi muito tempo depois de ter perdido as pistas do meu velho amigo de infância.

Logo na primeira semana, o batismo de fogo. Chegando para trabalhar, encontrei uma concentração em frente à escola. Um grupo de mulheres, sentadas na calçada, escrevia palavras de ordem em cartolinas. Derredor, montão de crianças, cachorros. Carolina, a diretora, consolava uma moça jovem, que chorava copiosamente nos seus ombros.

– O que aconteceu? – Perguntei a uma colega.

– É que o Jonathan, ex-aluno nosso, acabou de morrer na Grota. Ela – apontou para a mulher que chorava – é a mãe dele.

– Morrer? Como?

– Ué, o de sempre. Bala perdida.

Aproximei-me do grupo. Revolta, dor, luto. Incalculáveis, desmedidos.

– Meu filho, eles levaram o meu filho! Meu filho não é marginal, marginal são eles, eles, eles!

Aquela voz batia como martelo. Dor dura, torturada. Fiquei sabendo que a mãe do rapaz fazia a unha de uma amiga quando ouviram um estampido, seguido de um barulho singular de algo quebrando. A amiga disse, convicta:
– Ih... isso é na cabeça, ouviu? Sem chance.
– Pelo amor de Deus.
Minutos depois vinham bater à porta. *Foi o filho da manicure que se quebrou.* Mais um jovem que não conheceria a fase adulta, não teria sonhos, não imaginaria filhos. Uma manifestação espontânea se formou e eu fiquei por ali, segurando cartazes. Uma pessoa morre e é isto o máximo que nos permitem fazer: muito pouco, por pouco tempo. Para as pessoas que iam e vinham nos carros e ônibus, a notícia importante era a via congestionada. Depois, as viaturas de polícia, alguma tensão e mais nada.

No fim do dia ainda pensava no rapaz que eu nunca chegaria a conhecer. Emprestava à sua figura vazia o rosto do meu amigo Sonho, que eu não sabia por onde andava, nem se estava vivo. Chorar talvez aliviasse a angústia que me assaltava, mas, embrutecido, eu não conseguia derramar nem uma lágrima. Restava-me revirar de um lado para outro na cama, insone.

X

Dar aulas é um curativo inigualável para a alma. Não importa o quanto a minha vida esteja de pernas para o ar, ou o quanto eu esteja tomado de revolta, dor ou insônia, ainda é estimulante abrir a porta e encontrar trinta, quarenta, cinquenta rostos adolescentes olhando para mim. Talvez o segredo para nos darmos bem seja eu me lembrar perfeitamente de como é estar na pele deles, já ter tido as dúvidas deles, a sede de viver deles.

Os nomes mudam, mas os tipos estão sempre lá, são os mesmos. As calças jeans puídas, as caras de sono, os casaizinhos achando que aquele primeiro amor, tão frágil, tão acidentado, será eterno. De algum modo, é um trabalho contraditório, este meu: cansa, estressa, paga mal, mas permite, ao mesmo tempo, acessar uma fonte constante de renovação, saber o que pensam, ouvem e como falam os que seguirão neste mundo depois de nós.

Quando eu mesmo ainda era apenas um adolescente confuso, desses que andam com a calça rasgada e nomes de bandas rabiscados na mochila, reparei, na frente do colégio, numa garota que fumava, sentada na calçada.

Sentei ao lado dela, e não devo ter sido muito discreto, porque ela logo me perguntou:
– Você fuma?
– Não, obrigado.
– Você quer alguma coisa?
– Não, desculpa se eu te incomodei. Obrigado.

Será que eu me excedi ao observar sua roupa amarrotada, seus gestos ao levar o cigarro à boca, o cabelo castanho-claro, com restos de tintura verde, azul e rosa? Fiquei constrangido.

– Não tem nada, não. – Ela sorriu, com simpatia – Senta aí, é melhor ter alguém com quem conversar, não é mesmo?

– É, eu acho. – Ri de volta, sem graça.
– Quer um chiclete?
– Eu aceito, obrigado.
– Eu te dou, mas com uma condição: você tem que parar de falar 'obrigado'. Somos amigos, então, sem essa de 'obrigado', ok? Ou você quer me fazer pensar que estou sentada na sala de casa, conversando com a minha tia-avó?

– Não! Nossa, não mesmo! – e ri, dessa vez de verdade. Achei bacana ela já nos considerar "amigos".

– Você tem aula de quê hoje?
– De química...
– Nossa, que saco!
– Nem me fala. Eu odeio química.
– É garoto... como diz a canção...

Depois de alguns segundos, respondi-lhe:
– Eu tenho nome.

Ela me olhou, surpresa, sem entender a repreensão que eu acabava de lhe fazer.

– Eu sei que você tem nome, todo mundo tem um nome!

– Então não me chama de 'garoto'. – Falei, com sarcasmo.

Ela se levantou e, depois de pisar o cigarro com a ponta dos pés, começou a me reverenciar teatralmente, dizendo:

– Desculpe, Majestade, não quis te ofender. Mas é que, se eu soubesse o seu nome, a minha vida errante ficaria mais fácil.

Ao redor, as pessoas nos olhavam. Eu devia estar vermelho.

– Meu nome é André – disse, sério.

– Meu nome é Júlia, e, de hoje em diante, nós somos amigos!

Sentei-me na última carteira da sala, para não ser notado, e passei o restante do dia digerindo aquele furacão. Suspeitava que a minha vida fosse sair dos velhos eixos. Legal, era isso mesmo que eu queria. O mundinho das casas baixas, do bairro e da Vila, já se tornara silencioso demais, pequeno demais, fosco demais para a minha imaginação.

XI

Em nossa casa sempre havia música. Uma das minhas lembranças mais remotas é do meu pai com um cigarro no canto da boca, sentado na rede, afinando seu violão. Mamãe, alegre, cantarolava na cozinha, enquanto subia o maravilhoso cheiro do café. Quando ele sumia, ainda ficavam as suas fitas K7, os discos, as estações de rádio favoritas, que aumentavam nela o tamanho da saudade. Ele gostava de Cartola e de Noel, ela, de Beatles e Rita Lee. Gostar de rock era, portanto, um problema de tomar partido, o partido de minha mãe.

Na adolescência, descobri que música podia ser muito mais do que som. Era também um jeito de ser, de pensar, de agir. Então, as baladas melodiosas que aprendi a ouvir em casa empalideceram para mim. Eu precisava de um ruído capaz de aplacar o barulho, às vezes insuportável, do meu próprio pensamento, que insistia em formular a cada passo novas perguntas para as quais eu não tinha respostas. Um dia, ouvi música punk. Guitarras, baixos, gritos e baterias, frenéticos, frenéticos. Pensei comigo mesmo, no ato: "É isso!"

Desde então, tudo começou a girar.

XII

Foi Júlia quem primeiro me falou dos punks que frequentavam a Praça Primeiro de Maio, em Bangu.

A Primeiro de Maio era uma típica pracinha suburbana, com bancos de concreto e um gramado ralo, que no verão ficava calcinado pelo sol. Costuma fazer calor no bairro mais quente do quente Rio de Janeiro, e isso como que impele os moradores a uma vida comunitária, em que as ruas e as casas não têm fronteiras tão rígidas, e os vizinhos se atacam e se ajudam há várias gerações.

Durante a semana, o movimento local se restringia aos velhos jogando damas ou cartas e aos trabalhadores que bebiam depois do expediente, nos bares pequenos e sujos que circundam a praça. No fim de semana, o lugar pertencia às famílias, e era todo barracas de pipocas e cachorro-quente. Nas calçadas, as pessoas punham cadeiras na porta de casa e atravessavam tardes e noites falando de política e da vida alheia, os temas mais universais dentre todos.

Os punks, com seu visual e costumes agressivos – os casacos de couro com rebites e bótons, os cabelos coloridos, em corte moicano ou arrepiados em "satélite", as conversas repletas de palavrões –, surgiam como um punhal apontado contra o conservadorismo suburbano.

O que mais me atraía para aquela tribo de índios metropolitanos era a contestação ferina, a hostilidade contra esta coisa vaga e ao mesmo tempo muito concreta que chamávamos de sistema. "Os punks lutam contra o sistema!", era o que mais gritavam suas músicas, e isso era tudo de que eu precisava naquela época.

Havia combinado de ir à Praça com a Júlia, mas ela não apareceu. "Deve estar com algum daqueles caras babacas com quem ela fica", pensei, cheio de raiva e algum ciúme. Não sem alguma hesitação, fui em frente, só.

Quando eu já estava próximo ao grupo, chamou minha atenção um sujeito atarracado, forte, não muito alto. Com uma mão ele segurava uma garrafa de cachaça e, com a outra, cortava o ar, como se golpeasse um inimigo imaginário. Seu visual era sóbrio, como o dos demais – no máximo, cinco pessoas. De longe, se via que não eram como os punks das revistas. Eram caras ferrados, da zona oeste mesmo.

Eu fiquei por ali, ouvindo a conversa, sem ser notado. Até que o sujeito que gesticulava pousou os olhos em mim. Encarei-o de volta; a essa altura, já tinha decidido, com base nos poucos minutos precedentes, que faria parte daquele grupo. Ali estavam pessoas iguais a mim; ali estavam as respostas pelas quais eu vinha procurando desde sempre. Sim, meu amigo, eu faria parte daquele grupo de qualquer jeito.

Ele me perguntou:

– Como você chegou até aqui?

– Eu passei por aqui outras vezes, vi vocês, e resolvi aparecer.

– Você não mora na zona sul não, né?

– Não, – "só pode ter sido uma piada" – eu moro em Realengo.
– Está certo então...?
Percebi que todos me olhavam, esperando que eu dissesse algo. "Claro!".
– André, eu me chamo André.
– Falou, André. Eu sou o Deco, esse é o Dudu, o Sid, o Felipe e a Lara.
Sem nenhum entusiasmo, e até com certo desdém, recebi alguns cumprimentos chochos:
– Alô.
– Fala amigo.
"Comigo são seis", contei mentalmente. Deco perguntou:
– Você bebe?
– Não – "será essa a resposta certa"? – quer dizer, não sempre.
Ele deu de ombros, e a conversa prosseguiu. Foi assim a minha entrada oficial no movimento punk. A conversa continuou, e eu fiquei observando os seus gestos, as suas histórias, com medo de dizer algo ou tomar uma atitude que contrariasse as suas normas, que eu não sabia quais eram. Deco, Dudu, Sid, Felipe e Lara, apenas pedaços de gente, gestos, rostos. Deles, só Felipe não estava caracterizado, porque se dizia apenas um simpatizante do movimento. Tinha a voz doce e um corpo imenso, de urso.

Lara, a única garota, era baixa, morena clara, com a pele ligeiramente queimada de sol; os cabelos curtos realçavam o seu par de olhos escuros, perscrutadores. Falava pouco.

Dudu era negro, magricelo, alto. Tinha fama de briguento. Sid – que recebeu este apelido do próprio Dudu em alusão ao lendário *Sid Vicious* – era branco e seu rosto imberbe contrastava com os braços e as pernas rijos, adquiridos nos bicos que fazia trabalhando em obras. Tinha os cabelos pretos, encaracolados, e um ar sério, preocupado. Ele foi o meu primeiro amigo no grupo.

A cada semana, novos rostos e nomes se juntariam àquele pequeno núcleo, que se converteria numa lenda daquelas paragens. Mas naquela noite eu não fazia a menor ideia disso, e de muitas outras coisas que viriam depois. Era a rua e eu não tinha tempo para projeções: o segredo era observar os outros e agir.

Na hora de ir embora, Sid e eu ficamos esperando o ônibus, no ponto deserto.

– Tem certeza de que ainda passa ônibus? – perguntei.

– O último sai do ponto final meia-noite e cinco.

O relógio da rua marcava meia-noite. Logo eu também decoraria os horários do último e do primeiro ônibus de cada linha importante. Quando eu contava as moedas para pagar passagem, o Sid fez um gesto negativo:

– Guarda isso, cara!

– Mas essa hora os motoristas não aceitam mais camisa de colégio.

– O problema não é o motorista, é o cobrador. Já falei, guarda isso!

Coloquei as moedas no bolso. Sid fez sinal, o ônibus parou. Naquela época, a roleta ficava na porta de trás, onde um sonolento cobrador ficou olhando pra nossa cara, desconfiado. Meu amigo se aproximou dele e falou, com a voz mansa:

– Meu chefe, estamos sem dinheiro, podemos pular a roleta, na humildade?

– Pular, não. Passa por baixo.

Como um gato, em menos de três segundos, o Sid tinha abaixado, se esticado, passado pela roleta e levantado. Quase não o vi. Na minha vez, demorei uma eternidade, arrastei as costas no chão. O trocador riu:

– Novato, é?
Sid riu de volta.
– Obrigado, meu chefe – falou.
– Obrigado – repeti baixo, constrangido.
Desse dia em diante eu me tornei, como meus companheiros, um caloteiro cada vez mais sagaz. Passei meses inteiros sem pagar passagem. Conhecíamos vários trocadores, e sabíamos quais eram as linhas boas (ou as ruins) para se andar de graça. Uma vez o cobrador fez jogo duro e o motorista tentou me levar para o ponto final. Isso era preocupante: havia fiscais que batiam nos calotes, outros chamavam a polícia. Quando eu já perdia as esperanças, um passageiro fez sinal, e consegui, antes de a porta se fechar, sair em disparada pela rua, enquanto o motorista me xingava pelo retrovisor.

XIII

Eu andava preocupado com a Júlia. Já havia uma semana que ela não aparecia na escola. Quando finalmente retornou, estava mais magra, os olhos fundos, a face tão amarrotada quanto as suas roupas. "Por que uma garota bonita se maltrata desse jeito?". Abri, então, o sorriso possível e a convidei para tomar uma Coca-Cola. Perguntei-lhe:

– Aconteceu alguma coisa?

Ela terminou o refrigerante e ficou em silêncio. Meditou um minuto e me disse, fazendo grande esforço:

– Sei lá, tenho andado meio deprê.

Nos últimos tempos, Júlia havia trocado a calça jeans rasgada por roupas mais largas e passado a ouvir Janis Joplin, creio que por influência do seu mais recente novo-ex-namorado.

– Sai dessa, Júlia. Você é muito bonita pra ficar assim por causa desses caras.

Essa frase me saiu assim, num átimo, sem qualquer reflexão.

– É por isso que eu gosto de você. – Ela me disse – Você não é que nem *esses caras*.

Frisou "esses caras", como que me imitando. E abriu um sorriso, um raro sorriso ensolarado.

XIV

À medida que as semanas passavam, aumentava a minha consideração no grupo. Como um aluno aplicado, eu não tinha medo de perguntar e, se errava, tentava de novo.

As músicas antigas, que escutava por influência de minha mãe, estavam mortas e enterradas para mim: agora, eu só ouvia aquele estilo resumido, barulhento, no qual encontrava ritmos e significados, e mesmo beleza, que ninguém – exceto meus novos amigos – podia encontrar.

Logo abandonei Ramones e Sex Pistols, "vendidos ao sistema", segundo o pessoal. Passei para bandas menos conhecidas, mas clássicas na cena, como UK Subs, Conflict, Restos de Nada, Cólera – esta última, a minha preferida. Ouvia uma porção de bandas novas, também, principalmente de São Paulo. Nunca gostei muito do aceleradíssimo *hardcore*. Ouvia mais punk rock, que tem uma sonoridade mais lenta e trabalhada para os padrões do meio, embora de técnica primitiva.

Quanto às bandas, Sid e Dudu tinham mais afinidade comigo, enquanto Deco, Felipe e Lara ouviam só *hardcore,* sobretudo finlandês, grupos como Rattus, Kaaos e a sueca Mob 47. Curiosamente, apesar da variedade de expressões em inglês, nenhum de nós falava uma palavra sequer daquela língua. Era a linguagem o que nos atraía no movimento punk.

Nessa época passei a frequentar a casa do Sid, que ficava para os lados de Campo Grande. Sid se chamava Leandro, mas acho que nem ele se lembrava mais disso. Nossa história guardava algumas semelhanças: enquanto meu pai tinha caído no mundo, sem enviar muitas notícias, no caso dele foi sua mãe que partiu, deixando marido e filho para trás. Os dois moravam numa casa humilde, com um terraço espaçoso, onde passávamos tardes e noites inteiras ouvindo música e bebendo vinho barato. Ali teríamos uma espécie de segundo ponto de encontro, um point, onde formaríamos um grupo menor e bem unido dentro do coletivo mais amplo que se reunia na Praça Primeiro de Maio.

Além de Sid e eu, Dudu e Reinaldo também eram assíduos frequentadores do terraço. Este último, juntara-se ao grupo depois de mim. Ele era alto e desengonçado, e tinha a mania de terminar todas as frases rindo, como se não levasse nada a sério.

Dudu era um capítulo à parte no nosso meio. Aos dezoito anos, já contava duas passagens pelo reformatório (Instituto Padre Severino, de terrível fama), do qual relatava histórias sobre espancamentos, estupros e princípios de rebelião. Dizia:

– A única coisa que a gente aprende lá dentro é ter mais ódio do que quando entrou.

Ódio foi mesmo a palavra que mais ouvi sair da sua boca. As saídas com Dudu quase sempre acabavam em brigas. Ele era adversário terrível, isento de medo ou de piedade. Mesmo se o oponente estivesse caído no chão, desacordado, ele só parava de socar e chutar se alguém interviesse. Nessas horas, a própria fúria pareceria tímida diante dele. Indagado onde aprendera a lutar, ele respondeu:

– Baile de corredor, parceiro. Adrenalina pura, sangue fervendo na veia. Depois de tanto apanhar, você acaba aprendendo a bater. Braço e perna subindo, mais nada.

Uma das suas diversões favoritas era aterrorizar os novatos, filhinhos de papai que apareciam na Praça quando ocorria algum evento de bandas. Ele cuspia na cara dos moleques amedrontados, metia a mão nas suas carteiras, cortava seus moicanos. Berrava:

– Você acha que é punk porque comprou um bóton na lojinha do shopping? Punk é a puta que te pariu!

Muitas vezes, olhando para ele, eu me perguntava: "De onde vem todo este estoque interminável de revolta?". Hoje, quando penso no assunto, vejo a origem daquilo num misto de sirenes, grades, guetos, espancamentos e palafitas.

Impiedoso como adversário, Dudu era um amigo leal e afetuoso. Quando tinha dinheiro, gastava até o último centavo com cerveja, refrigerantes e comidas para todos, e tomava como seus os problemas dos demais. Havia as drogas, também.

Ao contrário de nós, ele também gostava de pagode, reggae e dos funks proibidões. Não perdia um baile na favela do Barbante, em Campo Grande, onde foi nascido e criado. Sua presença na Praça era incerta, e, às vezes, passava semanas sem dar notícias. Depois disso, reaparecia mais magro e mais triste, e ficava fumando um cigarro no canto, calado. Eu não entendia o motivo daquela oscilação, que para os demais era óbvio. O mal que acometia Dudu, e que terminaria por liquidá-lo, chamava-se cocaína.

XV

Num sábado, Sid, Fabi (sua namorada) e eu estávamos no terraço ouvindo fitas K-7. Reinaldo, o único que tinha emprego fixo, chegou com uma dúzia de cervejas, um verdadeiro privilégio, já que estávamos acostumados a juntar moedas para comprar a garrafa de vinho mais barata disponível. Logo, Dudu apareceu com uma garota.

Lá pelas tantas, saímos para a festa de uma conhecida de uma conhecida da Fabi, onde tocariam algumas bandas.

Caminhamos quase uma hora (a única forma de varar o subúrbio àquelas horas) mas, da festa, não aproveitamos nem dez minutos: em pouco tempo, ouvi uma gritaria enorme bem no meio do salão. Dudu acabava de acertar um soco no rosto de algum convidado.

Numa fração de segundos, fui tragado para o meio de uma confusão infernal. Mesas e cadeiras voavam e uma garrafa arremessada se espatifou do meu lado. Nós abrimos caminho dando e recebendo golpes. Quando já estávamos com um pé na rua, Dudu mudou de ideia, indignado:

– Nós vamos fugir? Eu vou voltar!

– Como assim voltar, Dudu? – falou Sid, o único que tinha ascendência sobre ele – aqui é área de milícia, vamos embora!

– Milícia é o caralho, eu sou cria do Comando Vermelho!

Naquela época, começava-se a falar de grupos de policiais passando a dominar territórios na zona oeste, sobretudo ali, em Campo Grande. A política que esses esquadrões aplicavam para os que consideravam arruaceiros ou maconheiros era sumária: como mínimo, um espancamento brutal, como máximo, a morte. De preferência, no meio da rua, para servir de exemplo. Como Dudu já tinha fama negativa na área, as perspectivas de topar com essa gente eram sombrias.

– Vamos embora, Dudu, porra!

Mal Sid terminou a frase, ouvimos um tiro, dado no começo da rua. Ele mesmo deu a ordem:

– Vamos ganhar!

Saímos em disparada, correndo, correndo. Na madrugada abafada, sentia a garganta seca, o suor frio, a boca dormente. Era a adrenalina transbordando nas minhas veias, sensação inconfundível que experimentaria muitas outras vezes a partir daí.

No fim da rua, o muro do trem. Dudu e Sid subiram primeiro e, segurando em suas mãos, subimos os demais. Pulamos para o lado de dentro e continuamos correndo pelos trilhos, impelidos por uma força incontrolável.

– Já deu pessoal, já deu. Tranquilidade! – exclamou Sid.

Ao som da palavra mágica, tranquilidade, nos acalmamos. Quando me sentei, percebi o quanto estava suado. Ficamos longos minutos em silêncio, ofegantes. Depois, recuperado, olhei para o lado e vi meus companheiros admirando as estrelas – Sid e Dudu com as garotas apoiadas em seus ombros. O breu era quase completo naquela linha de trem, no subúrbio mais profundo. O céu estava belíssimo e os rebites reluziam nas jaquetas de couro falsificado. As ameaças haviam se dissipado. Era como se nada, nem ninguém, pudesse nos atingir ali; era como se tivéssemos sobrevivido ao apocalipse. Até que Sid rompeu o silêncio:

– Dá o papo, Dudu.

– Como assim, dá o papo?

– Por que você bateu no cara, ué?

Dudu parecia pensar no que responder. Realmente, àquela altura, não tinha me perguntado uma única vez porque havíamos brigado. Ele disse:

– Cara, aquele boyzinho virou pra mim e disse: 'fala aí, Supla carioca'. Daí eu colei um murro na cara dele.

– Jura que ele disse isso?! – perguntou Reinaldo, enquanto todo mundo gargalhava.

– Vai vendo.

– Gente, tenho uma surpresinha pra vocês – falou Fabi, mudando o rumo da conversa – Olha o que eu salvei pra nós...

E tirou da sua bolsa um saco plástico, onde havia enormes pedaços de bolo e dúzias de salgadinhos. Ficamos em êxtase: éramos os vencedores da noite!

– Enquanto todo mundo se distraía brigando, eu ataquei a mesa. Nunca foi tão fácil!

– Espera – interveio Dudu – eu também tenho uma surpresa, e é melhor deixar a comida pra depois do que eu tenho aqui.

Tirou um baseado do bolso, que enrolou numa folha de caderno. Todos fumaram, menos eu, o careta do grupo. Depois, mesmo sóbrio, ri intensamente e ataquei as comidinhas com a mesma voracidade dos demais.

XVI

A cada semana, novas pessoas passavam a frequentar a Praça. Por meio delas, descobríamos que os punks de Bangu eram cada vez mais comentados nos submundos do Rio de Janeiro. Já se falava sobre nós em rodinhas no Centro, na zona sul ou em São Gonçalo – uns para condenar os "briguentos sem ideologia", outros, para exaltar a turma nova que surgia, cheia de vontade.

Numa noite, na Lapa, tentamos entrar de graça num salão em que tocavam algumas bandas. Os seguranças, claro, não estavam de acordo com isso, e o Dudu simplesmente deu um murro em um deles, um sujeito imenso, do tamanho de um poste.

– Fodeu!

Garrafas, pedras, socos, chutes, gritaria. Enfim, o de sempre. No fundo, todas as brigas de rua se parecem, exceto quando alguém está armado. Mas este não era o caso.

Deco, mais forte e melhor lutador que Dudu, derrubou um sujeito no chão; Rafaelzinho, um punk mirrado que se juntara ao grupo há pouco tempo, já estava ficando roxo, com um segurança apertando seu pescoço. Enquanto eu procurava no chão qualquer coisa que me servisse de arma contra o brutamontes, Lara chegou por trás e quebrou uma garrafa na sua cabeça. O sujeito era tão alto que ela teve que dar um pulo para acertá-lo – e acertou! Ensanguentado, o cara soltou Rafael. Por sorte, antes que ele revidasse, a sirene da polícia soou.

– Vamos ganhar! – alguém gritou, e batemos em retirada, cada um para um lado. Aproveitei que ainda estava com a pedra na mão e arremessei contra a vidraça que servia de fachada do salão.

– Sprááááá...

O vidro caiu todo de uma vez, como se fosse um castelo de cartas.

"Toma!", gritei satisfeito, como quando marcava um gol na escola.

– Você está bem? – gritei para Rafaelzinho, que estava com o pescoço vermelho, correndo ao meu lado.

Ele tentou dizer algo, mas a voz não saiu de sua garganta. Fez que sim com a cabeça.

– Lara, você foi demais! – disse, entusiasmado, para ela que vinha logo atrás.

– Cala a boca e corre!

Depois de entrar em não sei quantos becos, dobrando esquinas e ruas, saímos numa pracinha, próxima à Glória. Pouco tempo depois, estávamos todos reunidos: Deco, Sid, Reinaldo, Felipe, Rafaelzinho, Nanci (namorada do Rafael) Lara e eu – o núcleo do nosso grupo – mais muitos agregados, que não costumavam despencar para Bangu, mas ficavam conosco quando íamos para o Centro. Naquela noite, Beto também se juntou a nós. Ele, que era uma figura lendária do movimento punk, logo estabeleceu laços de amizade com Deco.

Quando já ficávamos preocupados com a ausência de Dudu, ele reapareceu com pele nova, como um camaleão. Usava uma touca e camiseta do Bob Marley.
— Qual foi, Dudu, virou rastafári? — perguntou um dos punks, achando graça. Outros fecharam a cara, como se estivessem perante um herege.
— Tranquilidade. Tenho uma surpresa aqui pra vocês! — e tirou da mochila uma garrafa de uísque.

Em pouco tempo, todos estavam bebendo, cantando e contando histórias passadas — as que mais faziam sucesso eram as brigas com os skinheads (carecas), eternos antagonistas dos punks.

— No show do Ramones, em 1992, a porrada comeu lá dentro. Teve bomba de gás, cadeira e mesa voando pra todo lado, punk contra careca, careca contra punk, a polícia contra todo mundo. No final, alguns carecas foram em cana e os punks saíram correndo atrás do camburão pra terminar a briga — contava Beto, que tinha histórias como ninguém. Veterano, atravessou o fim dos anos 1980 e toda a década de 1990 entre brigas, ocupações de prédios e as ruas do Rio de Janeiro e São Paulo. Esta vida lhe rendeu muitos desafetos e algumas passagens pela polícia. Ele era um negro alto e magro, e dizia-se que foi muito bom lutador de boxe no passado. Atualmente preferia ser agressivo com palavras, embora não fugisse da briga, se ela aparecesse. Aos nossos olhos, se alguém encarnava a essência do punk, era ele.

Vi quando Dudu pegou Beto e Deco pelo braço e os levou para um bar. Pouco tempo depois, um Gol preto, com vidros escuros, estacionou em frente à Praça. Dele saíram quatro homens, um dos quais, aparentando ser o chefe, empunhava uma pistola:
— Eu quero saber daquele ladrão filho da puta!

– Não tem nenhum ladrão aqui, não, senhor. – disse Felipe, em tom pacífico, tomando a frente.

– Não tem ladrão é o caralho, seu arrombado! – avançou o homem, furioso. – Eu vi que aquele preto veio nessa direção.

Para nosso espanto, o homem entrou no nosso meio e colocou a arma na boca do Felipe.

– Se não entregar aquele marginal eu te mato, seu vagabundo!

– Ninguém sabe de ladrão nenhum, não, pode ver – falei, criando coragem. O homem me olhou. Em meio à fúria, percebi um lampejo de dúvida. Se Dudu aparecesse agora estaria tudo perdido.

– Superior, vamos embora, essa turma do rock não mexe com roubo, não. – falou um dos capangas, persuasivo.

O homem nos lançou ainda um olhar de interrogação, como uma fera à procura da presa. Depois, pôs a arma na cintura e deu meia-volta.

– Desculpa aí, rapaziada, isso é pra segurança de vocês. – Falou o outro.

– Esse aí quer ir pro céu – disse Lara, irônica, quando os homens se afastaram. Felipe estava mudo, em choque. Cinco minutos depois, voltaram os três. Dudu, a par da história, foi aconselhado a ir embora, mas deu de ombros:

– O flagrante já foi, parceiro. Subiu pra mente.

Deco falou, então, as duas bilhas dos olhos pulsantes pelo efeito do pó:

– Qual foi, Dudu, rouba os outros e depois vem direto pra cá? Quer se matar e levar a gente de ralo?

Como um colegial repreendido, Dudu vestiu sua touca, colocou a mochila nas costas e saiu sem dar um pio. Já trocara de camisa: o Bob Marley voltou a dar lugar a uma camisa esfarrapada do Sex Pistols.

XVII

Ele está sentado à minha frente, bebendo café. Roupas simples, mas um cordão de ouro. Fico sabendo que tudo começou num domingo, na casa de um sujeito endinheirado, "um polícia metido com jogo do bicho". Um matador, primeiro, a serviço de negócios alheios, depois, dos seus próprios. Eles lá, inocentes, só fazendo música. O policial gostava de pagode, e gostava de ostentar os ricos produtos do seu trabalho: cordões, pulseiras, relógios, uma pistola 9mm cromada a ouro.

– Mas a mulher era a melhor joia, neguinho: uma loura natural, bundão, peitão, mulherão mesmo. E o safado maltratava ela, batia nela, traía ela, todo mundo via.

Mais um café.

Todo domingo, um pagode, e a crescente consideração dos donos da casa. Da parte da mulher, esta consideração, pouco a pouco, foi se convertendo nuns olhares de ressaca, insistentes, para cima do meu amigo. Nele, estes olhares não despertavam outra coisa senão aflição. 'Eu pensava comigo mesmo: não é possível. O que essa mulher quer comigo? Novo, magro, pobre. Não pode

ser'. Mas, com os domingos, os olhos sempre voltavam, e, numa segunda-feira, à hora do almoço, os dois corpos quedaram mortos de cansaço, entrelaçados.
– Você é doido.
– Não sou, não, mas fiquei, neguinho, mas fiquei. *Ela prometeu que ia me ajudar, arrumar até gravadora pro grupo. E eu lá, enfeitiçado. Te juro: se ela mandasse eu pular da ponte Rio-Niterói, eu pulava. Só podia ser feitiço mesmo.*
Como o policial usava a mulher de bibelô, não desconfiou. Seus negócios eram sempre prioridade. E a mulher, infeliz, de vez em quando aparecia chorando, com um braço roxo, a cara inchada. 'Acho que ela me usava para se vingar também'. Ele me pede um cigarro. Não tenho. 'Nem unzinho?'. Não fumo. Uma ordem, e logo alguém sai em disparada atrás do maço.
– Você estava dizendo que ele batia nela.
– Batia e aquela situação foi me dando uma revolta. *E o pior era que eu gostava da mulher. Tentava convencê-la a fugir comigo, casar de papel passado, igual em filme. Imagina! Não sei se foi por conta própria, ou se ela foi entrando na minha mente, mas a revolta só foi crescendo, e sempre ela chorando. Um dia ela virou pra mim e disse: 'Por que você não mata ele?'. Eu tomei um susto. 'Eu, matar? Tá doida mulher? Olha pra mim, eu não tenho chance'. Ela ficou quieta. Depois de uma semana, falou de novo, e de novo, e de novo. Aí ela começou a aparecer mais machucada, e um dia falou: 'Eu tô grávida. O filho só pode ser seu'.*
O mundo desabando nas costas. 'Vamos fugir, neguinha!'. 'Fugir? Você acha que ele vai deixar a mulher dele fugir por aí? Ele vai até o inferno para matar nós dois. Quer dizer, nós três'. Lágrimas de soluçar, e o mundo desabando nas costas. Assim não podia ser. Já virara uma

questão de honra. 'Eu sou muito homem pra proteger minha mulher e meu filho'. 'Então só tem um jeito: você precisa matar ele'. A danada nem piscou dizendo aquilo. E o garoto magricelo, confuso, morrendo de medo, aceitou a proposta.
Mais um cigarro.
Numa noite, sexo para relaxar, um sonífero no suco. Uma prostituta para o segurança dele. 'Tinha que ver, o cara estava dormindo igual um bebê na hora em que eu entrei no quarto. Nem desconfiava que o balão dele brevemente ia subir'. Nada de revólver: um facão bem afiado, amolado naquela mesma tarde. Apesar de várias noites insones, na hora H, estava calmo. 'Eu me aproximei, lembro que vi a respiração dele. Lembro bem disso. Me senti o homem mais poderoso do mundo. Eu deixei ele respirar pela última vez e empurrei a faca no coração. Na hora ele abriu os olhos e tentou levantar-se, mas eu empurrei ele pra baixo, com toda a força, e cravei mais a faca. Ele tentou dar um grito, mas só saiu um bafo quente da sua boca. Deve ter doído, porque ele derramou uma lágrima. Depois, os olhos ficaram vidrados, e eu percebi que ele estava morto. O lençol, cagado e mijado. É assim que os valentes terminam'.
– Não acredito...
– Não acredita? Você não viu nada.
Atônito, ouço ele contar que transou com a mulher ali mesmo, no carpete, com o cadáver estirado na cama sobre eles. Depois, ela ordenou: 'Vai embora que eu vou chamar a polícia. Vou dizer que alguém entrou aqui e matou ele'. 'Mas e depois?'. 'Depois a gente vai se encontrar e vai ser feliz'. Um menino entrou no casarão, aquela noite, mas ao sair já não era mais o mesmo. Remorso? Nenhum. Um assassino assassinado. 'Aqui se faz, aqui se paga'. Apenas preocupações com a mulher e

o filho crescendo no seu ventre. Ideia fixa de apossar-se dela, não a dividir com mais ninguém, nunca. No dia seguinte, matérias em todos os jornais, a viúva enlutada, chorando. Para o delegado, um caso claro de latrocínio. A ilusão de que daria tudo certo. E nada da mulher entrar em contato. Passada uma semana, avista-a na saída da academia, aproxima-se, e ela foge. Na mesma noite, a casa do vizinho metralhada, 'estavam com a pista errada, por sorte, que com certeza os tiros eram pra mim'. Nesta hora sombria, entra em cena uma pessoa capaz de socorrê-lo: o dono do morro onde ele fora nascido e criado. A ele, o pedido desesperado de ajuda. No duro, no duro, matara um policial. 'Sabe que eu te considero', o homem falou, 'mas aqui você não pode ficar. Vai lá pros lados de Niterói que tem gente minha lá. Diz que é meu soldado que eu garanto a tua vida'. Foi o que ele fez. Àquela altura não havia outra escolha. Ele semicerrou os olhos, e acho que várias imagens diferentes dançavam ao mesmo tempo na sua mente, naquele momento.

– E a mulher, você teve contato com ela de novo? E o seu filho?

– Que filho, que nada. Ou ela tirou ou nunca teve filho nenhum. Ela ficou com o dinheiro do cara e ainda apareceu casada com o delegado, um ano depois.

Fico um tempo calado, absorvendo toda aquela reviravolta. 'Que história'. Ele discorda: 'Que nada. Dessas aí têm um monte. Eu conheci o avesso do mundo, te garanto, e a única coisa que eu aprendi é que a gente não pode confiar cegamente em ninguém, nem em Deus'.

– E depois?

– Ah, o depois é muito grande. Fiz de tudo, neguinho: matei, roubei, queimei, só miséria. Derrubei amigos, amigos tentaram me derrubar. Vivi na corda bamba, fui aprendendo a me equilibrar. Uma coisa eu te garanto: as

coisas mais feias que eu fiz foram quando tinha polícia no meio. Ô raça ruim.
Ele cospe.
– Desculpa. Que falta de educação.
– Você fala assim, mas, então, fazia negócio com polícia?
– Fazia e faço, senão outro vai lá e faz. Mas é negócio. Se atravessar meu caminho fora disso, é bala.
Ele pigarreou e continuou:
– Eu vejo um cara assim, que nem você, querendo mudar o mundo... Eu te admiro, mas acho que o mundo não tem jeito. Vai demorar muito pra gente chegar a algum lugar.
– Uma vez eu li uma frase que dizia que a felicidade não é um ponto no final duma estrada; ela é a própria estrada.
Ele pareceu pensar sobre aquilo que eu disse. Depois falou, secamente:
– Pode ser, neguinho. Mas te garanto que não é qualquer um que consegue andar nessa estrada, não.

XVIII

Teríamos piorado, como pessoas e como país, nos últimos 15, 20 anos?
 Perguntei isso hoje, na saída do trabalho, ao Célio, de física, e ao Valdir, de português, ao redor de uma cerveja bem gelada. É curioso como podemos desempenhar diferentes papéis ao mesmo tempo: fora da escola, o Célio é o típico solteirão, quarenta e poucos anos, sem mulher e sem filhos, um beberrão em potencial; Valdir, ao contrário, é o marido da Lídia, o pai amoroso do Juliano e do Mateus, apesar de ter apenas trinta e um. Perante os vizinhos, eles são o cara solitário do 101 e o paizão exemplar da casa 4 da vila, respectivamente; na escola são: Célio, de física, Valdir, de português, como eu sou o André, de geografia. Bonecos embrulhados dentro de caixas. Nós fomos moldados para estas caixas ou são elas, ao contrário, que nos moldam?
 Não sei se chegamos a ser amigos. Somos obrigados a conviver um punhado de horas por semana e, por razões aleatórias, andamos juntos enquanto dura esta provação. As mulheres e a política costumam

preencher os nossos diálogos, permeados por pitadas de futebol. Umas vezes, conversar com eles me dá impressão de que as dúvidas se aquietam dentro de mim; outras, eles me parecem fúteis e tediosos, e a nossa convivência apenas parece provar, para mim mesmo, o quanto envelheci.

– Eu acho que está tudo pior, bem pior até, eu diria – falou Célio, virando um copo.

– Não exagera, Célio – discordou Valdir –, eu lembro do tempo em que os moleques andavam pela rua cheirando cola.

– Ah, não me diga, jura? Hoje em dia realmente melhorou, o pessoal não cheira cola, fuma crack.

Célio e Valdir sempre discordam. Célio é mais crítico, mas, às vezes, acho que falta ao seu discurso ácido uma prática correspondente. Já Valdir tem o horizonte por demais limitado: mulher e filhos, casa própria, pagar as contas em dia. Alguma rotina é fundamental para viver; mas se a vida inteira se consome nisto, não estará faltando enfim qualquer coisa?

Depois, a cerveja acabou e, apesar da insistência do Célio de bebermos 'só mais umazinha', cada um foi pro seu lado. A pergunta ficou: afinal, avançamos ou retrocedemos? A geração que nos antecedeu lutou contra um inimigo duro, mas, evidente, que era o regime militar. E a nossa geração, saberá afinal contra quem deve lutar?

XIX

– Oi, Dé! Estou morta de saudades. Deixa de ser bicho do mato e me liga quando puder!

A mensagem no telefone é da Nina. Ela mora fora do Brasil, há mais ou menos uns cinco anos. Cansada de ser escravizada nas lojas dos shoppings, em troca de reais, foi tentar a sorte como escrava em troca de euros, pelo menos.

Foi uma choradeira tremenda lá em casa, quando ela partiu. Tia Carmen e minha mãe ficaram sem falar comigo, porque consideraram uma traição meu incentivo para que a sua Nina levantasse voo. Lembro que, no aeroporto, ela estava mais triste do que eu. Demos um abraço e ela me falou, chorando:

– Ainda dá tempo de desistir.

– Quem vai embora é você, então, eu que deveria falar isso.

Ela riu. E chorou de novo. Eu a abracei e falei:

– Vai, não desiste. Se der errado, você volta. Mas eu acho que você não volta, não agora.

– Você é um insensível.

– Você que sempre foi uma chorona.

Desde então, apesar de todas as promessas, não nos vimos. Ela, sempre trabalhando muito, "como uma imigrante", nas suas próprias palavras, às voltas com prazos e vistos e pareceres. As suas fotos têm sempre frio, mas ela está bem. Ela não é como eu, este bicho perguntador. Quer dizer, ela também se faz perguntas, mas de um jeito mais prático, eu acho. Creio que o aspecto mais positivo da distância é que eu não a vejo envelhecer, como acontece com outros da minha convivência, como acontece comigo. Ela lá, eu cá, fica mais fácil sustentar a ilusão de que ainda somos os mesmos. E de que sempre será possível ir para um país distante, num dia qualquer, e voltar a ser feliz.

XX

Nenhuma aula jamais é igual a outra. O mesmo tema, o mesmo esquema de exposição, a mesma preparação, mas, na execução, ainda que parecido, tudo acontece diferente. Só na superfície existe algo parecido com monotonia.

Assim, ao final da última aula do último tempo de uma sexta-feira, quando dezenas de olhares suplicantes me pediam para ir embora, um braço se levantou. Discutíamos o sistema de transportes, ou o quanto a sua precariedade torna letra morta o direito de ir e vir, a que formalmente todos deveriam ter acesso. Distraído, interrompi a explanação.

– Fala, Carlinhos.

– Professor, o que é a liberdade?

Devo ter feito cara de espanto, porque, de fato, não esperava essa pergunta. Algumas cabeças recostadas na carteira se ergueram, curiosas.

Precisei de uma pausa para pensar. "Pergunta difícil". Gracejei:

– Assim você me derruba. Pergunta pro professor de filosofia.

A turma riu, mas logo uma aluna sentada no fundo esclareceu:

– Ih, professor, você está por fora, pelo jeito. Não tem aula de filosofia desde o ano passado.

– Caramba... [agora não sabia se estava atordoado com a pergunta ou com a informação que eu acabava de receber]. O que é a liberdade... O que é a liberdade, na sua opinião?

Carlinhos era um menino de óculos, inteligente, que já ajudava a sustentar a família numerosa cortando cabelos. Ele me olhou e falou, como quem liberta palavras há muito represadas:

– Acho que liberdade é eu ter um emprego direito, ter uma casa e a polícia não entrar com o pé na porta, poder andar pela cidade mesmo sem ter dinheiro de passagem.

A turma, entusiasmada, rompeu em aplausos.

– O Carlinhos ainda vai ser presidente do Brasil – alguém disse.

– Concordo com você, Carlinhos. Liberdade deve ser algo parecido com isso, mesmo. Uma coisa de carne e osso.

Antes que eu concluísse o raciocínio, todos já começavam a sair pela porta.

XXI

Passei todo o dia do meu aniversário de quinze anos na Praça. Já era noite quando me lembrei de minha mãe, da tia Carmen, da Nina. Ao chegar na velha casa de muros baixos, estranhei as luzes apagadas. Girei a chave com cuidado, porque elas poderiam estar dormindo. A única luz acesa era a da cozinha, no final do corredor. O quarto da minha mãe estava fechado, e não havia sinal da minha irmã. Na cozinha, deparei os olhos da tia Carmen pregados sobre mim:

– Isso é hora de chegar em casa, no dia do seu aniversário?

Ignorei.

– Você por acaso não tem família, não?

– Cadê minha mãe e minha irmã?

– Não se responde uma pergunta com outra pergunta, isso é coisa de gente sonsa.

– Que saco, isso aqui é um interrogatório?!

Tranquei-me no banheiro. "Que sorte...". Tomei uma ducha fria, torcendo para ela me restituir a sobriedade. Se existisse algum gênio da garrafa, fada madrinha ou coisa do gênero, pediria para tia Carmen desaparecer quando eu abrisse a porta. Entretanto, ela continuava sentada na cozinha, no mesmo lugar, como uma coruja de vigília em cima da árvore. Uma coruja autoritária, opressora. Falou, no seu tom imperativo:

– Troca de roupa, você vai lá pra casa.

Duas ordens numa frase só era demais para a minha adolescência à flor da pele.

– Eu não vou a lugar algum – disse. – Onde está minha mãe e a Nina?

– Sua mãe foi internada. – respondeu-me, como que triunfando: "agora você entendeu porque eu estou aqui, te esperando, e porque eu tenho razão, como sempre?".

– Por que ela foi internada?

– Você sabe por quê.

"Sim, eu sei".

– Mas *como* isso aconteceu?

– Ela parou de tomar os remédios e não contou. Hoje à tarde, começou a gritar com a Nina, depois chorava, berrava e chorava... Coitada da sua irmã.

– E depois? – perguntei, impaciente.

– E daí que a Nina saiu de casa sem sua mãe perceber (a essa altura ela já estava falando sozinha), procurou um orelhão e ligou lá pra casa. Por sorte eu ainda não tinha saído para trabalhar. Quando cheguei aqui sua mãe estava toda cortada, nos braços e nas pernas, e tinha tomado uma cartela inteira desses remédios que ela tem. Coloquei a Leila num táxi e agora ela está lá, internada, de novo.

Sobre mim, desabava uma avalanche de raiva, tristeza, ressentimento e culpa, por não estar ali quando elas precisaram.

– Você não tem culpa, Dé. – Ela disse, como que lendo os meus pensamentos. – Você é só uma criança.

– Eu não sou uma criança!
– Desculpa, senhor homenzinho. Agora bota sua roupa e vamos pra casa.
– Eu estou em casa.
– Se você acha que eu vou te deixar aqui sozinho, pode tirar o cavalo da chuva.
– Você não tem que deixar nada.
– Garoto, chega de me responder! – Tia Carmen levantou da cadeira, irada. – Enquanto você for sustentado pelos adultos, não tiver uma profissão e viver na casa da sua mãe, que também é minha, vai ser uma criança. E eu te proíbo de ficar aqui sozinho!
– Você não é minha mãe pra me proibir de nada!
– Eu sou a mãe da sua mãe, seu fedelho!
– Vai se foder!

Ela, tão fora de si quanto eu, tentou agarrar o meu braço. Desvencilhei-me a tempo, mas ficaram as marcas do seu dedo no meu corpo.

Saí caminhando sem rumo. Perdi a noção do tempo. Em algum momento, senti fome. No bolso, eu tinha dois reais. "Certo, com isso aqui eu compro um salgado e uma garrafa de água". Cogitei bater na casa do Sid, mas descartei a ideia: só de pensar em ter que explicar o que aconteceu – minha mãe internada de novo, a briga com a minha tia – as minhas forças se esvaíam.

Andei até os meus pés doerem. Cheguei a uma grande praça. Que bairro seria esse? Havia pessoas dormindo sobre os bancos, enquanto outras bebiam, jogavam cartas. Sentei. O relógio apontava duas da manhã. Exausto, dormi onde estava.

– Hei, garoto! Acorda!

Levantei-me, assustado. Numa fração de segundos lembrei onde estava e o que me levou ali. Distingui o rosto de um velho, que falava:

– É hora do café.

Amanhecia. O velho se afastou, caminhando para o lado oposto da praça, onde umas trinta pessoas aglomeravam-se. Formados em fila, os moradores de rua pegavam pão e café com leite. Esfomeado, juntei-me a eles. Quando estiquei as mãos para pegar a refeição, uma moça que fazia a distribuição me olhou de cima a baixo e exclamou:

– Mas tão novo!

Um senhor de meia idade, com jeito austero, repreendeu-a:

– Não fala assim! O garoto pode pensar que você está humilhando ele.

Na verdade, eu só queria o meu café. Mas como o par de olhos postado à minha frente parecia aflito, respondi:

– Não me senti humilhado, não. Ela só foi gentil. Obrigado.

Os olhos retribuíram, com doçura. O homem ficou me olhando com a cara amarrada.

– Como é que é? Vai sair daí hoje? – começaram a reclamar na fila. Afastei-me e fui me juntar ao velho. Alheio às minhas especulações, ele comia, devagar. Olhando como eu devorava o pão, deu um suspiro alto e resmungou, não sei se para mim ou para si mesmo:

– Eu sempre tenho que ensinar as mesmas coisas.

Fiquei quieto. Ele falou, agora, virado para mim:

– Você deve mastigar devagar, garoto. Aproveita mais os nutrientes, engana a fome.

– Eles sempre dão café? – perguntei, pensando naqueles olhos.

– Nem sempre. Vários grupos diferentes fazem esse tipo de coisa.

– Legal.

– O que é legal?

— Que ainda tenha gente que se preocupe com o próximo.

Ele riu, depois cofiou a barba, na qual se imiscuíam alguns fios brancos.

— Não seja ingênuo, garoto. O governo te nega um teto, depois manda alguém te dar café com leite. Entendeu?

— Essas pessoas são do governo?

— Não, elas são de alguma igreja, mas o governo paga pra elas darem esmola pra gente. É assim que funciona. No fim das contas, tem sempre algum rato comendo nosso dinheiro.

"Esse velho não é nenhum bobo". Reparei que a sua roupa, apesar de puída, não chegava a ser esfarrapada, e as suas unhas estavam limpas. Perguntei-lhe:

— Você mora na rua há muito tempo?

— Você acha que eu moro na rua?

— Não mora?

— Que nada! Eu tenho minha casa, mas detesto ficar lá onde eu moro.

— E por que você detesta?

— Porque lá eu tenho pão, mas não tenho liberdade. Por aqui eu tenho liberdade, alguns amigos, e pão, de um jeito ou de outro, se arranja. E mesmo faltando o pão, não falta pinga!

E fez um gesto com as mãos, como quem diz: "Com certeza!". Seus olhos brilhavam, e nos seus gestos havia quase que uma elegância.

— E você, vive na rua há muito tempo?

Fiquei envergonhado de admitir que era minha primeira noite ao relento. Menti:

— Um mês.

— Seus pais te batiam?

— Isso.

"Isso deve ser muito comum".

– E onde você estava caindo? Aqui eu nunca te vi.
– Eu caía na Primeiro de Maio.
– Primeiro de Maio?
– É, em Bangu.
– Ah... Praça Primeiro de Maio – o homem semicerrou os olhos, como quem visita planetas mortos dentro de si mesmo. – Eu tive uma namorada uma vez, em Bangu, a gente passeava na Praça Primeiro de Maio.

Enquanto ele falava, o café com leite esfriava ao meu lado. Bebi: o gosto era horrível. O homem deve ter notado a careta que eu fiz, porque deu uma gargalhada.

Aquele velho, vestido em andrajos, bem podia ser um sábio. Alguns vendem frases em troca de alguns tostões, e chegam a ser bem pagos para isso. Ele as distribuía em troca de companhia, enquanto bebia aquele horrível café com leite. "Em casa eu tinha pão, mas não tinha liberdade", foi o que ele me disse. Por que, para ter pão, é preciso renunciar por completo à liberdade? Ou, ao contrário, para ganhar a liberdade deve-se renegar o convívio social até o ponto de ruptura, até o ponto em que se chega aos porões mais obscuros, em meio aos mendigos, às ruas sórdidas, à miséria? Por quê? Os dois extremos pareciam-me falsos – a vida no porão tampouco é livre.

– O que foi? – o homem me perguntou, enquanto eu divagava.
– Não é nada, eu preciso ir.
– Boa sorte!
– Boa sorte, meu amigo!

Pensei em deixar com ele os dois reais que eu tinha no bolso, mas fiquei com medo de ofendê-lo. Quando já caminhava em direção aos pontos de ônibus, ele me chamou:

– Hei, garoto!

Ele forçava um sorriso:

– Olha, eu sei que você também está na rua... mas você é jovem, tem força, enquanto eu já sou um velho no fim da linha. Você não tem aí, por acaso, um trocadinho pra me fortalecer? Hein?

E piscou os olhos, com malícia. Naquele momento, tive a impressão de que o velho, qual um bruxo, adivinhava cada detalhe da minha situação.

– Qual o seu nome?
– Agenor. Mas ninguém me conhece pelo meu nome. Pode me chamar de Prefeito.
– Prefeito?
– É. Dizem que eu sou o prefeito dessa praça.
– Meu nome é André. Foi um prazer.
– O prazer foi meu, garoto.

Não sei por que, um sentimento de alegria tomou conta de mim. Não sentia mais raiva da Tia Carmen, porque devia a ela ter conhecido aquela figura extraordinária, "Prefeito", que eu jamais esqueceria. Tomei o primeiro ônibus que passou e, apesar da noite mal dormida, sentia-me descansado e confiante. O trocador nem esperou eu terminar de pedir para passar por baixo da roleta, foi logo assinalando com as mãos: "passa". Bancos vazios, passageiros sonolentos. Naquele horário, os suburbanos faziam o caminho inverso, deslocando-se dos seus lares simples para o centro, a Barra ou a zona sul. Sem que nenhuma sirene os despertasse, punham-se de pé, amontoavam-se nas conduções, como um exército a caminho da batalha. "A batalha do pão", pensei com meus botões.

Tantos anos depois, ainda penso naquele "Prefeito", que vaga por aí, saciado de liberdade.

XXII

Coloquei o problema para o meu amigo.
– Liberdade...
Bebeu mais um gole de café ("sou crônico", ele disse, referindo-se ao nosso vício comum) e fechou os olhos, pensativo. De repente, seu rosto se iluminou. "Acho que ele é aquele tipo de gente que não consegue disfarçar o que sente".
– Vou te contar uma coisa: quando saí da cadeia, depois que puxei a primeira cana de verdade, três anos de ponta a ponta, eu só tinha a roupa do corpo e o dinheiro da passagem. Fui andando mesmo, do presídio até a avenida Brasil. Eu podia ir pro morro, reassumir o que era meu, pegar uma piranha qualquer. Dormir um sono de casa, em cima da minha cama. Mas eu não fiz isso: peguei um expresso pra Central, depois fui andando – Carioca, Cinelândia, Glória, Flamengo, Botafogo... Andei pouco, viu?
– Andou mesmo.
– Pois é, mas eu nem senti. André, no dia em que você sai da cadeia, você fica levinho, é como se o chão

fosse de algodão embaixo dos teus pés. Quando percebi, estava em Copacabana, bem na areia. Tinha polícia lá, mas na zona sul eles não ficam dando dura nos outros, né? E também eu tava limpo, o alvará no bolso. De repente eu olhei aquele marzão. Segunda ou terça, quase ninguém na orla. Não entrei, que eu não gosto de água fria, mas coloquei o pé na água, ali onde as ondas finalizam. Quando a água me molhou, foi como se eu tivesse tomado um choque, mas sem ser ruim, um choque bom.

Como seria um choque bom?

Enchi novamente as xícaras.

– Eu pensei: ontem eu morava num cubículo, cercado de marmanjo e de grade; agora eu tô no contrário da cadeia. Se alguma vez eu senti a liberdade, liberdade grande mesmo, acho que foi nesse dia.

Liberdade, para ele, era isso: o contrário da cadeia.

XXIII

No dia 31 de dezembro, nos reunimos na Praça. Iríamos juntos para o centro da cidade, comemorar o Ano-Novo. Dudu não passaria a virada conosco: havia sido preso dias antes, tentando roubar uma moto. Ele já andava sumido há várias semanas. Alguém contou para o Sid que ele não saía mais da boca-de-fumo. Pego em flagrante por um grupo de milicianos, foi levado para um beco e estava prestes a ser executado quando cruzaram com uma equipe de televisão que fazia reportagem sobre a falta d'água no local. Escapou, assim, por milagre, de perder a vida aos dezoito anos. Foi levado para a delegacia, onde a ocorrência foi registrada, e daí transferido para o presídio. Entraria, pela primeira vez, na cadeia dos adultos.

Beto, que já passara por isso, minimizava nossa apreensão:

– O cara é 157, disposição, vai puxar a etapa dele sossegado.

Para mim, não era simples pensar num amigo preso. Sabia que Dudu estava indo longe demais. Todos sabíamos. No final das contas, ele continuava em Bangu. Só que pra lá, bem pra lá, da estação de trem, num bairro dentro do bairro, onde as solidões e as angústias são tão fortes que chegam a dar cãibras na alma.

XXIV

Foi para Dudu o nosso primeiro "Viva!" de Ano-Novo, no gramado diante dos Arcos da Lapa. O mundo inteiro vestido de branco, nós todos de preto, celebrando a certeza de que tudo iria desabar.

No meio da madrugada, saímos às pressas, às voltas com a polícia, depois de mais uma briga. Terminamos a noite numa praia na Ilha do Governador, próxima à casa do Beto.

Quando a turma já estava na beira do mar, ele se lembrou de pegar um garrafão de vinho em casa. Deco e eu o acompanhamos. Fabi também foi conosco, mas rumo ao ponto de ônibus. Apesar dos nossos apelos, saiu decidida a não ficar "nem mais um minuto". Pelo visto, havia sido mesmo séria a sua briga com Sid.

Beto morava no miolo da favela, num casebre miserável, com sua mãe e um irmão mais velho, com quem não se dava. Paredes sem pintura, o chão de terra batida. A porta de entrada era de madeirite, os cômodos improvisados separados por cortinas vagabundas, encardidas. Um frigobar fazia as vezes de geladeira. Só havia água dentro dele. Mesmo Deco, que era pobre como quase todos, parecia consternado.

– Rapaziada – falou Beto – apesar da humildade, na casa do Roberto da Silva nunca vai faltar uma branquinha para os amigos.

Dito isso, pegou uma garrafa de cachaça no batente embaixo da pia, encheu um copo para si, outro para Deco e outro para mim.

– André, eu sei que você não é de beber. Mas hoje eu vou achar desfeita.

Sem remédio, bebi, me sentindo até lisonjeado por ele fazer assim tanta questão. Ambos riram do amargor estampado na minha cara.

Pensei em Beto: ele já era mais velho, passara praticamente toda vida no movimento, conhecia um monte de gente dentro e fora do Rio. Quando lhe faltava um teto, não tinha cerimônia em se arranjar na rua mesmo, em cima de algum papelão ou jornal velho. Comia pouco, e só fazia questão mesmo da cachaça. Havendo pó, cheirava também, na conta de amigos de agora ou de outrora. Nunca o vi trabalhar. Agora, um tanto assombrado, descobria sem adornos o quadro miserável da sua existência.

Na volta, numa encruzilhada, encontramos uma galinha morta, um bolo de chocolate e uma garrafa de cachaça.

– Sinal de sorte! – gritou Deco. Deixamos a galinha apodrecendo, pegamos o resto.

Na areia, a turma atacava o bolo e as bebidas, dava "vivas". Como naquela noite no subúrbio, que já parecia longínqua, desta vez eu também era invadido por uma indescritível sensação de liberdade. A diferença é que, agora, em vez de um céu estrelado, o infinito se fantasiava de mar à minha frente. A brisa soprava,

anunciando o movimento contínuo das coisas. O céu azulava-se, aos poucos.
"Onde eu estarei daqui a um ano?".
Olhei ao redor, na direção daqueles rostos tão íntimos, tão queridos, e constatei que eles eram a coisa mais importante da minha vida.
Quando os primeiros raios da manhã despontaram, alguém começou a cantar a velha música que bem poderia ser o hino de tudo aquilo. Logo, todos cantávamos, na verdade, berrávamos, a plenos pulmões:

Vagando pelas ruas tentam esquecer
Tudo que os oprime e os impede de viver
Será que esquecer, seria a solução
Pra dissolver o ódio que eles têm no coração?
Vontade de gritar sufocada no ar
Medo causado pela repressão
Tudo isso tenta impedir
Os garotos do subúrbio de existir
Garotos do subúrbio, garotos do subúrbio
Vocês, vocês, vocês não podem desistir
Garotos do subúrbio, garotos do subúrbio
Vocês, vocês, vocês não podem desistir
De viver! De viver!

Mesmo os que curtiam um *hardcore* mais pesado, e desprezavam Inocentes como uma banda de principiantes, cantavam "Garotos do subúrbio", com paixão, com vontade, como se aquilo estivesse reprimido em algum ponto inacessível em suas almas, sob outras circunstâncias. Todos se abraçavam e pulavam e riam, de modo que, sentindo-os, eu sabia que os amava e que o meu lugar no mundo só poderia ser ali, na rua, sob o céu, dentro da noite infindável, neste e em todos os outros Anos-Novos que viessem.

E tudo teria acabado dessa maneira sublime se Sid e Júlia, que aparecera na Lapa, de última hora, por insistência minha, não tivessem começado a se beijar com sofreguidão, ali mesmo, no meio da turma.

XXV

Um dia, chegando da casa do Sid, de manhã, encontrei uma botina desconhecida na porta de casa, gasta, mal engraxada. Dentro da rede, estendida na varanda, um violão.

"Não pode ser".

Na sala, meu pai estava sentado no sofá, com Nina ao seu lado, mostrando-lhe provas e trabalhos da escola. Da cozinha, vinha o cheiro inconfundível de café fresco, que minha mãe passava. Vendo-me, ele se levantou, abrindo os braços:

– Ora, se não é o meu garoto!

– Oi. – respondi secamente. Trancado no banheiro, as lágrimas começaram a jorrar da minha face, incontroláveis. Sentia vergonha por chorar, e, com uma toalha, abafei qualquer barulho. Também sentia raiva, muita raiva, daquele homem que nos abandonou tantas vezes, pelo qual minha mãe sofria todos os dias, se entupia de antidepressivos. Eu também sentia raiva dela e da Nina, que pareciam ter esquecido tudo o que tinha acontecido nos últimos anos. "Elas sempre esquecem". A única pessoa sensata daquela família parecia ser tia Carmen, apesar do seu jeito genioso. Com ela nós sempre pudemos contar.

Perdi a noção do tempo que passei embaixo do chuveiro. Só saí quando minha mãe se pôs a esmurrar a porta:

– André, você é sócio da *Light,* por acaso? Desliga esse chuveiro!

Para meu alívio, meu pai já não estava. Sobre a mesa, um café da manhã farto. "Com ele aqui, tem dinheiro", pensei. Sem que eu dissesse nada, minha mãe falou:

– Estou feliz da nossa família estar reunida.

– Nossa família se reúne todo dia: você, a Nina e eu.

– Não fala assim, André, seu pai vai ser sempre o seu pai.

– Não quero falar disso agora.

– Por favor, André, conversa com ele, ele quer muito saber da sua vida.

– Pra reprovar as minhas escolhas, ou dizer que é só uma fase, igual a todo mundo?

– Seu pai não é assim, filho, ele tem a cabeça aberta.

– Tão aberta que sumiu e arrumou outra família, né?

– André, para com isso! Se eu e seu pai vamos ficar juntos não tem nada a ver com vocês. Ele foi tomar uma cerveja, disse que vai te esperar.

– Eu não tenho nada pra conversar com ele!

– Para de agir igual um menino! Você não vive reclamando que a gente te trata igual uma criança? Então para de agir como uma!

Calei. Ela continuou:

– Você pode odiar o seu pai e nunca mais falar com ele, mas primeiro tem que ouvi-lo!

Logo percebi que, diante da sua insistência, eu não teria alternativa. Vesti uma camiseta limpa e saí. Era meio-dia de uma sexta-feira, os bares estavam cheios, a rua fervia. Com o semblante fechado, sentei à mesa com meu pai.

— Troca de cadeira. — disse-me, em tom amistoso. — Um homem não deve nunca sentar de costas pra rua.

— Não tenho nada a perder. — Retruquei, secamente.

— Tem sim, o bem maior de todos, a sua vida. Bebe comigo?

Nunca tínhamos tomado cerveja antes. Concordei.

Depois de alguns goles, reparando no meu silêncio irredutível, ele perguntou:

— Então você agora é da turma do rock`n'roll?

— Não.

— Não? — ele pareceu surpreso. — Mas e essa roupa?

— Eu sou punk.

— Ah, claro, punk. — Virou o copo de cerveja. — Qual a diferença, me diz?

Essa pergunta, formulada assim, diretamente, não me parecia simples de responder. A própria comparação me parecia absurda.

— A gente luta contra o sistema.

— Lutam contra o sistema de que jeito? Quero dizer, o que vocês fazem contra o sistema?

A conversa animava-se, e eu esquecia a raiva. Começava a ficar alterado, porque ele não deixava meu copo vazio.

— A gente denuncia a podridão da sociedade, por meio das nossas músicas, das nossas roupas. Também vamos em protestos, fazemos pichações.

Na verdade, nunca tínhamos ido a um protesto, embora eu tenha tentado mais de uma vez animar a turma para participar de algum.

— Eu já fui em passeata, na época da escola. Era ditadura militar, o buraco era mais embaixo.

— Hoje em dia a ditadura continua, só que mascarada.

– Nisso eu concordo com você. O que eu vejo por essas bandas, tocando na noite, você nem imagina. Menininha de dez anos se prostituindo em beira de estrada, polícia matando os outros, uma miséria de dar dó.

Mais um copo. Ele perguntou, com sarcasmo:

– Mas você quer protestar contra o sistema ouvindo música americana?

– Tem um monte de banda aqui do Brasil.

– Banda do Brasil, copiando música americana.

– Nossa música é de protesto. Em qualquer língua se pode protestar. Não fazemos musiquinha nacional pra agradar turista.

Era minha vez de provocá-lo. Eu sabia que de vez em quando ele tocava em bares caros, para endinheirados que gostavam de apreciar as "belezas da terra".

– As coisas boas são universais.

– Foi isso o que eu disse.

Ele riu:

– Está certo, você sabe defender sua opinião, André. Se tem uma qualidade que eu admiro num homem, é essa aí. Bem que sua mãe disse que você lê o tempo todo, já se vê. Agora, eu, não troco a boa música brasileira, por nada. Gringo nenhum seria capaz de fazer "Insensatez".

– De que adianta tocar "Insensatez" e abandonar as pessoas que estão ao seu lado?

Ele apagou seu sorriso, enterrou o cigarro no cinzeiro.

– Mais uma, por favor! – pediu ao garçom. E, enchendo meu copo, falou:

– As coisas não são como você pensa, André. Você ficou aqui ouvindo só uma versão da história.

– Claro que eu fiquei aqui. Onde mais eu ficaria? Com você?

– Você não luta contra o sistema? Muito bem, eu também, só que de outra maneira.

– Ah, não me diga! Pra você, sumir no mundo, abandonar minha mãe com duas crianças, é lutar contra o sistema?

– Eu entendo a sua revolta, mas brigar não vai levar a lugar nenhum.

– Você quer o quê, que eu te dê abraços, igual as duas palhaças lá de casa? Desculpa, mas assim não dá pra continuar.

Quando me levantei, ele segurou o meu braço, com firmeza, e disse:

– Não quero abraço, nem nada disso. Quero te falar de homem pra homem. Pra isso, você precisa aprender a escutar.

Hesitei. Por fim, cedi.

– Você precisa pensar por conta própria – continuou. – Não pode se deixar levar pelo que a sua tia fala.

Era evidente que outros desentendimentos, antigos, moravam sob as marquises daquela frase.

– Não é minha tia que falou nada, não! Quem tem de conviver com uma mãe doente todo dia sou eu!

– Você acha que eu saí e a sua mãe ficou doente? Essa é a sua visão?

– Foi isso que aconteceu.

– Não foi, não. Eu entendo: na sua idade a gente acha que o mundo gira ao nosso redor, que antes de nós nascermos era o vácuo, o nada...

– Sem papo-furado. Ela tentou se matar, sabia?

– A sua mãe é doente, André. Ela já era doente quando eu a conheci, e continuou assim depois. Sem família, criada pela irmã, aquela neurótica...

– Não aceito que você fale assim da tia Carmen!

Ele mudou o curso do raciocínio:

– Se eu não saísse de casa, quem ia ficar doente era eu. Eu estava abafado, sabe? Infeliz.

– Ah, muito bem, e a gente? E eu e a Nina?

– Não acho que as coisas tenham acontecido da melhor maneira, nem quero que você entenda tudo agora, seria pedir demais. Um dia você vai ter mulher, filhos, e vai me entender. As coisas são mais complicadas do que casa, trabalho, família, lazer no fim de semana. Eu tentei, pela sua mãe, por vocês, eu tentei. Passei um tempão sem fazer o que eu mais gosto, que é música. Fui caixa num banco, não ganhava mal, mas aquilo pra mim era uma tortura. Eu não nasci pra isso, André! Eu não consigo! Achei que, saindo de casa, ia conseguir compor alguma coisa que alguém gravaria, ganhar dinheiro. Daí eu voltava num cavalo branco e resgatava vocês. Mas sempre é mais difícil do que a gente pensa. Quando fui ver, o tempo tinha passado.

Reconheci nos seus olhos a vermelhidão dos olhos dos meus amigos, uma mistura de álcool, cansaço e solidão. Minha capacidade de acompanhar o seu raciocínio estava minada: eu precisava urgentemente parar de beber. Virei mais um copo, o último. Indaguei:

– Você sabe que a gente passou necessidade? Que se não fosse a tia Carmen ia faltar comida lá em casa?

– Eu sei, André. Mas como músico eu não consigo arrumar dinheiro. Nesse período, eu fiz obra, trabalhei em feira, até em cemitério. Tocava em boteco em troca de janta e depois dormia em cima de caixa de cerveja. Quando eu não mandei dinheiro foi porque eu não tinha. Se não fosse a Adriana na minha vida...

– Para com isso, não quero saber de Adriana nenhuma!

Levantei. Estava com raiva, confuso. Sentei na mesa disposto a crucificar o monstro que nos abandonou por outra família, que curtia a vida enquanto passávamos dificuldades, e o monstro se recusava a encaixar-se no enredo que eu havia criado para ele. O monstro não condenava minhas roupas rasgadas, nem me tratava como criança, ao contrário, conversava de igual para igual, narrava penúrias que eu desconhecia. Se ele estivesse certo eu estaria errado; se ele estivesse errado eu estaria certo. Alguma verdade teria que cair naquele momento, e isso era o mais difícil.

Caminhando, tropeçava. As sombras nas ruas pareciam pessoas, mas eram vozes que cresciam e rodavam e giravam e rodavam. As pernas como compasso, desnorteadas, desnorteavam-me. Tudo muito escuro. Tudo muito enjoado. Um gosto amargo na boca. Álcool na boca. Muito álcool, um balde de álcool, dentro de mim, misturado com raiva. "Era dia, agora virou noite, e eu nem reparei".

– Sua mãe sempre foi doente. Trabalhar no banco era uma tortura. Se não fosse a Adriana...

Eu tropeçava, e continuava enjoado. Minha mente tonteava, alheia a meu corpo, até que dei com o chão. Foi minha mente ou fui eu que desabei?

– Não, não quero levantar – protestei contra uma mão que me puxava – aqui enjoa menos.

Quem era aquele estranho? Ele não sabe que deitado o enjoo é mais suportável? Ele recebeu o primeiro vômito que saiu das minhas entranhas, e eu achei bem feito.

– Não é nada. Ele está bem, não é nada.

"Que vozes são essas?"

As frases repetidas:

– Sua mãe sempre foi doente. Trabalhar no banco era uma tortura. Se não fosse a Adriana...

O enjoo bêbado, embaralhado, continuava. E, de repente, as paredes conhecidas da minha cama, a porta da janela do meu travesseiro. Roupas de cama têm cheiro de sabão em pó, que tem cheiro de enjoo, que faz vomitar. "Que merda, isso não passa?". O sujeito me lavou, trocou minha roupa, deitou-me na cama. Quis agradecê-lo, mas não tive forças. Antes de desmaiar, num lampejo de consciência, pensei na ironia daquela situação: andando em meio a punks e vagabundos, que em geral bebiam e usavam outras drogas, foi com meu pai que tomei o primeiro porre sério da minha vida.

Dois dias depois, ele foi embora. Não voltamos a conversar: busquei passar o maior tempo possível na rua, pela casa do Sid. Ele prometeu que voltaria logo, só ia cumprir umas agendas. Depois de uma semana, tudo voltou ao normal lá em casa, inclusive a tristeza da "boba da Leila", como falava minha tia.

XXVI

Na saída da escola, outro dia, topei com o Célio, cambaleante:
– Que foi, cara?
– Foi nada, foi nada.
Ele saiu tropeçando, enquanto inspetores e professores trocavam olhares maliciosos. Mesmo naquele curto diálogo, foi possível sentir o cheiro de álcool que o impregnava. "Dar aula bêbado é o fim da picada", pensei, compartilhando da reprovação geral. Oras, quando se é adulto, é preciso pensar como adulto, agir como adulto, enfim, ser adulto. Sei lá, também tenho pena, porque a cada dia ele parece estar mais velho, com a barriga crescida, as olheiras mais fundas. Acho que ele não prepara uma aula nova há uns dez anos... Já tem tudo anotado numa caderneta velha, esverdeada, que molhou e secou não sei quantas vezes e está sempre debaixo do seu braço. Lúcido, é fácil perceber nele a inteligência, muitas leituras, mas é raro vê-lo assim. Há boatos de que, no turno da noite, ele saía com algumas alunas, e depois, abandonado, ficava chorando no banheiro, como um

adolescente. "Será isso maldade, imaturidade ou apenas solidão?". Não sei. Só sei que o Brasil é mesmo uma república federativa cheia de árvores, gente dizendo adeus e... problemas, muitos problemas.

XXVII

Numa noite quente de verão, despencamos para o Garage, ponto de encontro obrigatório de todos que frequentem o submundo *underground* no Rio de Janeiro.

Durante a semana, a rua Ceará, na Praça da Bandeira, é apenas um lugar de passagem, sujo, obscuro. Também circulam por ali homens sozinhos ou em bandos, em busca de um tipo muito específico de diversão: na rua detrás funciona a Vila Mimosa, centro do baixo meretrício carioca.

Aos sábados, o lugar sofre uma transformação radical, enchendo-se daquela gente vestida de preto, que parece se sentir mais à vontade quanto mais áspero e decadente seja o ambiente, quanto mais intenso seja o fedor que sobe das sarjetas. Embora situado numa região central, não se percebe por lá nenhum indício da "cidade maravilhosa".

Há de tudo: gente que apenas gosta de rock e quer expiar a semana de trabalho duro bebendo com os amigos; jovens maquiados e vestidos como cavaleiros medievais, vampiros ou satanistas, ostentando crucifixos invertidos no peito; membros das diferentes gangues.

Numa palavra, o ambiente é sórdido. Ao longo da rua, os botequins. Um dos primeiros, frequentado pela turma do heavy metal, é mais ajeitado, com mesas do lado de fora, atendentes. Daí em diante, há o "bar dos punks", o "bar dos góticos", o "bar dos grunges" e uma série de definições que parecem ser mera invenção dos próprios jovens, porque todos são igualmente sujos e tocam mais ou menos as mesmas músicas. Em geral, as turmas preferem juntar os trocados para comprar garrafões de vinho, litros de cachaça ou de um destilado ordinário. No Garage, não se fica parado, o fluxo é constante, incessante a procura por gente conhecida, por música legal, por bebida barata. No fim da rua, depois da entrada da Vila Mimosa, há o muro de uma estação de trem desativada, e ficar por ali jogando conversa fora é uma boa maneira de passar a noite também.

Viver o amanhecer no Garage é como sobreviver ao Armagedon. Sentados no meio-fio, ou encostados às paredes enegrecidas de gordura e sujeira, jovens dormem, sozinhos ou em bandos. Nessa altura, as maquiagens já estão borradas, os rostos amarrotados pela insônia, cravados de olheiras enormes. Ao longo da rua, poças de vômito cortam o caminho. Via de regra, são os mais pobres, que dependem dos transportes precários, que têm que esperar o dia amanhecer para poder voltar para casa. Sob o sol, suas pesadas fantasias pretas perdem o encanto, e um observador atento perceberá sob elas simples meninos e meninas em busca de diversão; em busca de algum motivo para não desanimar atrás do balcão, ou durante a aula no supletivo noturno. Apesar da sujeira, da ressaca, da distância, eles se divertiram muito e fazem planos de voltar no próximo sábado. Carentes de perspectivas, mimetizam os escombros em que os meteram. Se lhes disserem que há um futuro, darão de ombros, incrédulos. Para eles, só há o Garage e as segundas-feiras.

XXVIII

Nunca consegui me divertir a valer no Garage. Na Praça Primeiro de Maio, ou no terraço do Sid, nós éramos os donos da situação. Fora da zona oeste, o mundo ficava grande demais, ameaçador demais, incontrolável demais.

Havia outras coisas que me incomodavam. Reinaldo e Mosquito tinham os seus próprios conhecidos por lá, e agiam como se os "punks de Bangu" não existissem, enquanto Sid, Rafaelzinho e eu permanecíamos sempre juntos e em guarda para defender os nossos. A convivência forçada com o pessoal da "União Punk", coletivo que se reunia no "bar dos punks", era outra fonte de incômodo. Para nós, eles eram desprezíveis, usavam o movimento punk para ganhar dinheiro com a venda de CD's e camisetas e, pior que isso, toleravam amigos skinheads. Eles, por sua vez, metidos em ares de veteranos, nos consideravam novatos arrogantes e briguentos, além das desavenças antigas que tinham com Beto, as quais herdamos.

Numa noite, eu estava encostado junto ao muro da linha de trem, conversando com o Rafaelzinho. Desatento, deixei escapar uma pergunta, que era mais uma reflexão em voz alta do que qualquer outra coisa:

– Você acha que ainda vai ser punk quando tiver a idade do Beto?

Forças novas, soturnas, teciam algo dentro de mim. No momento, elas não existiam senão sob a forma de dúvidas distantes, inofensivas.

Ele me olhou com uma cara intrigada. Depois, respondeu, baixando a guarda:

– Sei lá. Às vezes penso em arrumar algum trabalho, casar com a Nanci.

Seus olhos brilharam de um jeito diferente quando disse aquilo.

– Algumas horas eu penso que tem muita gente que não leva isso aqui a sério. Sei lá, gente que está aqui por status, ou pra curtir uma fase.

– Eu também penso nisso. – ele me disse, como se eu acabasse de acender um ponto que, para ele, não fosse claro – Um monte de gente que não tem ideologia.

– Acho que a palavra é essa, ideologia. – agora era o raciocínio dele que me iluminava – Estamos aqui para fazer alguma coisa, certo? Tudo uma merda, alguém tem que se mexer. Mas eu acho que tem gente que só quer encher a cara e curtir um pouco a fama.

– Igual o Mosquito, né?

– É, igual ele – confirmei, embora estivesse falando mais de ideias que de pessoas.

– Ele nem fala com a gente direito, nós somos novatos, ele que sabe das bandas, conhece um monte de gente, mas na hora do aperto... – fez um gesto com as mãos, simulando uma corrida. – O negócio dele é comer as menininhas. Agora, está em cima da Lara.

Só então reparei naquela cena.

Enquanto nós estávamos na rua, bebendo vinho,

Mosquito e Lara conversavam do lado de dentro do botequim. Por mais que eu quisesse evitar, fiquei com os olhos presos naquele jogo de gato e rato.

Ele parece espremê-la junto à parede. Eu quero que ela se desvencilhe dele, duma vez, com aquela expressão contrariada que ela tem e que lhe cai tão bem. Que nada: ela ri e passa as mãos nos cabelos curtos, mexe a cabeça pro lado, e depois encosta na parede de novo. De repente, "maldição!", parece que eles vão se beijar, ele está com a mão no braço dela, os olhos grudados nos olhos dela, "não quero nem ver", mas ela vira o rosto e pede: "mais uma cerveja". As pessoas falam comigo, "André, aquela vez na Lapa", "Amigo, o Dudu aquele dia", acho até que eu as respondo, "pois é, aquela vez foi foda", "grande Dudu, punk de Bangu", mas não estou realmente prestando atenção em nada. Só há, no mundo, duas pessoas, Mosquito e Lara, nem eu conto, que não sou pessoa, sou só espectador. O jogo recomeçou. Ele parece espremê-la junto à parede. Eu quero que ela se desvencilhe dele, duma vez, com aquela expressão contrariada que ela tem e que lhe cai tão bem. Que nada: ela ri e passa as mãos nos cabelos curtos, mexe a cabeça pro lado, e depois encosta na parede de novo. De repente, "maldição!", parece que eles vão se beijar, ele está com a mão no braço dela, os olhos grudados nos olhos dela, "não quero nem ver", mas ela vira o rosto e pede: "mais uma cerveja". E de novo: parede, espreme, cabelo, mexe, beijo, braços, olhos, Lapa, Dudu. Mas alguma coisa diferente acontece agora: ele colocou as mãos sobre os ombros dela. "Puta que pariu, danou-se!". "Também, passou a noite inteira embebedando a garota, o animal!". Viro o rosto para não ver o desfecho repugnante. Volto: nada. "Nada uma ova!", tudo. Tudo mudou: Mosquito está bem aqui, de volta à roda, e a dúvida é se o seu sorriso amarelo é de pobreza, pelo dinheiro gasto com as cervejas, ou frustração, porque o tiro pegou na água. Lara foi ao banheiro. Falação, faladeira, falatório e eu nem falando nem escutando nada. Lara voltou, "Meu Deus, ela voltou!", e não aconteceu nada, "Nadica de nada!". Eles não se falam, "nem se olham!", e o Mosquito arruma logo desculpa pra ir embora, como se o fumacê tivesse passado.

Respirei aliviado.

Depois, me assustei:

"Será que eu gosto da Lara?".

No fundo, eu sabia que a simples formulação daquela pergunta já significava que eu estava perdido.

XXIX

Sid esteve calado a noite inteira. Alheio a tudo e a todos, ele só bebia e bebia. Após poucas semanas de namoro, Júlia mudara-se para sua casa, de supetão. "Deve ser este o problema". Quase na hora de ir embora, perguntei-lhe, indeciso:
– E aí Sid, tudo bem?
– Não, tudo mal.
Arregalei os olhos, temendo algum problema sério.
– Que foi? Aconteceu uma desgraça?
– Pior do que isso. Eu vou ser pai.

XXX

Num sábado à noite, estávamos no terraço do Sid quando Rafaelzinho chegou, esbaforido. Disse, qual uma metralhadora:
— Os skinheads estão lá no Garage, hoje, agora, bebendo junto com a turma da "União". Esses vermes sujos passaram dos limites!
— Você tem certeza? — perguntamos, em coro.
— Certeza. Foi gente deles mesmo que me contou essa cachorrada.

Havia muito que punks e skinheads eram inimigos irreconciliáveis. Embora houvesse, entre estes, tantas diferenças quanto entre os punks, não fazíamos distinções: para nós eram todos fascistas, inimigos odiados e naturais. Reunidas em bando, estas hordas — compostas quase sempre por homens jovens, frequentadores de academia e com o cabelo raspado à moda militar, de onde se originou seu apelido de carecas — saíam pelas ruas espancando negros, homossexuais, nordestinos e punks. Inspiravam-nos ódio, nojo, repugnância, alimentados por uma longa tradição de confrontos. Por isso, Rafael estava esbaforido ao chegar no terraço naquela noite; por isso, Lara fechou os punhos, com raiva, ao se referir aos integrantes da "União":

– Esses caras não têm ideologia, porra! Se querem paz e amor deviam ser hippies.

(Claro que eu achei que ela ficou muito bonita dizendo aquilo).

Saímos como quem marcha para a guerra. No Garage, fomos até o bar dos punks, território da "União". Eles estavam lá e nos olharam, intrigados. Nossos rostos estampavam que, desta vez, não haveria política de boa vizinhança.

– Um bando de cuzão! – falou Rafaelzinho, furioso.

– Tranquilidade, vamos beber uma cerveja – propôs Reinaldo, conciliador.

Sentamo-nos no bar "deles", e aquilo parecia confirmar nossa vitória. Distraídos, não percebemos o cerco que se armava. O que seria deles se permitissem que profanássemos seu território, assim, impunemente? Súbito, uma garrafa de vidro sobrevoou a minha cabeça, inaugurando a sequência de brutalidades que viria depois. Um sujeito grandalhão veio em minha direção:

– Filho da puta!

Foi tudo que ouvi, antes dele acertar um soco no meu rosto. Coisa curiosa, não senti dor, nem na hora, nem depois. Felipe pegou-o por trás, numa gravata, e Sid lançou-se sobre ele, com ódio:

– Você é amigo de careca é? Seu verme! – e esmurrou-o sem piedade.

Ao nosso redor, uns corriam, outros pulavam para trás do balcão. Lara segurava uma garrafa quebrada numa mão e uma corrente na outra. Seus olhos faiscavam. Um sujeito magrelo, com cabelo pintado de verde, voou sobre mim, mas desta vez, já aquecido pela briga,

fui eu quem o acertei bem no rosto. Não havia técnica, ou método, apenas raiva e movimentos. Brigávamos com vontade. "Se o Dudu estivesse aqui...". No meio da confusão infernal, alguém gritou:
– Sujou, os canas!
Batemos em retirada. Por algum tempo, tudo ficou suspenso. Quando a madrugada já avançava, soou novo alarme:
– Os skinheads estão sentados lá no bar dos metaleiros.
– Você tem certeza disso? – perguntou Reinaldo, não acreditando, ou não querendo acreditar, nas consequências que aquela mensagem acarretava.
– Eu vou lá ver – falou Rafaelzinho.
– Eu vou contigo – completei.
– André – Sid falou, me puxando pelo braço – não vão fazer nada sozinhos, hein?
– Claro que não, cara!
Chegando em frente ao bar, vimos, a poucos metros de nós, um grupo de cinco ou seis homens, vestindo camisetas brancas, algumas com símbolos integralistas. Eles tinham o cabelo completamente raspado ou cortado rente; seus coturnos pretos reluziam. Eram *eles*, não havia dúvida. Vendo-os, senti vertigem, tamanha a repugnância que me inspiravam. "Ratos. Ratos bebendo cerveja, fingindo que são gente". Mesmo sem conhecer nenhum deles, pareciam velhos conhecidos. Sentia, por eles, uma aversão íntima e profunda.
Voltando ao grupo, falei:
– São os caras. Agora é hora de saber quem é quem.
Aquilo saiu num segundo, mas era minha vida inteira que falava. Senão minha vida, pelo menos os últimos tempos, que era o que contava. O mundo inteiro cabia naqueles dois lados, e só naqueles dois lados, sem neutralidade possível.

Seja por convicção, orgulho ou passividade, a maioria ficou. Mosquito, inventando uma desculpa, se afastou. "Tudo bem, na Praça a gente se acerta". Conseguimos juntar vinte pessoas para o ataque. Lara, como todos nós, estava em pé de guerra. O ódio visceral que eu experimentava pelos nossos inimigos parecia realçar, pelo contraste, a atração crescente que eu sentia por ela.

Sid assumiu a direção dos assuntos práticos. Como sempre, nossa tática seria rudimentar. Ele não precisou de mais de dois minutos para explicá-la:

– Vamos contornar por trás, pela Vila Mimosa, e sair no final da rua, depois do bar dos metaleiros. Nós vamos ficar de butuca atrás dos carros estacionados. Quando os nazis saírem, é cair de pau em cima deles.

Ali, agachados atrás dos carros, o tempo parecia estagnado. Nossas armas eram facas e canivetes, correntes, garrafas de cerveja e uma barra de ferro, recolhidas na rua. De resto, suor, frio, medo, raiva.

Um instante mais e eles surgiram: do outro lado da rua, agachados, andando com cuidado para não fazer barulho. Dos vinte que se apresentaram para a briga no começo, só restaram seis, todos de Bangu: Felipe, Sid, Rafaelzinho, Lara, Reinaldo e eu. Um vento cortante, vindo do coração, soprou em meu rosto. Meu pensamento sangrava, certeza pulsava nas minhas veias. Começou.

– Vocês vão morrer, seus nazistas de merda!

Felipe gritou, e o gelo se partiu. Girando a barra de ferro com uma destreza quase mágica, ele desferiu um golpe em cheio na cabeça de um dos skinheads.

O sangue começou a sujar o chão.

A espera é que é o problema. Ali, frente a frente, tudo era simples. Nós contra eles. Seis contra seis. O chão sujo, pisado de revoltas. Eles, mais fortes; a iniciativa, toda nossa.

"Certo, se tivessem uma arma eles já teriam usado".

Lara, rompendo o breve impasse, partiu para cima do skinhead que a encarava, com sua garrafa de vidro quebrada.

– Vocês vão morrer, seus vermes! Vão morrer na mão dos Incendiários!

O homem recuou, evitando o golpe. Ele tinha medo. Ele estava morrendo de medo dela.

Na minha frente, um skinhead negro me encarava com olhar de fera. Não me contive:

– Um negro nazista! Você é imbecil ou o quê, seu filho da puta?

– Eu vou te matar, seu anarquista de merda!

Era, evidentemente, uma conversa de surdos. Eu anarquista não era; se ele era nazista, nunca saberei.

Ao meu lado, o Rafaelzinho trocava socos com um cara que tinha o dobro do tamanho dele. Ele mais apanhava do que batia, mas lutava. De repente, me vi cercado: além do sujeito que me encarava, notei outro que se aproximava por trás, com uma faca. Virei-me, e constatei que já estávamos na defensiva. Perdida a iniciativa, nossa desorganização nos punha numa situação precária. Nessa hora crítica, ouvimos gritos atrás de nós. Eram os nossos que voltavam.

"Agora!".

Atacamos. Percebendo a alteração, os skinheads saíram em disparada. Um deles tropeçou e, ficando para trás, começou a ser surrado, sem dó. Rafaelzinho espetou o canivete no braço dele. Pegou de raspão: rolando sobre si mesmo, o sujeito saiu correndo, em pânico.

Meu corpo estava como que em choque, eletrizado.

Na esquina, estacionou um camburão da PM, e dois policiais desceram já com os fuzis empunhados:

– Que bagunça é essa, caralho?

Atiraram para o alto. Desta vez, fomos nós que corremos, de volta ao Garage. Os policiais não nos seguiram. "Esse bando de arruaceiros que se mate", devem ter pensado, "só não aqui, só não agora".

Quando paramos, vi que a blusa do Sid estava rasgada na altura da cintura. Ele me explicou:

– O nazi me espetou, amigo, mas eu desviei bem na hora. Se acerta, sei não – e riu – Sabe como é, vaso ruim não quebra.

XXXI

O dia já estava claro quando eu me sentei na entrada de um comércio fechado e fiquei dormitando, à espera da condução. Estava exausto. Refiz, de trás pra frente, toda a trajetória percorrida naquela noite caótica, até chegar à laje do Sid, o ponto de partida. Eu estava sozinho: Sid, Felipe e Reinaldo pegavam ônibus mais à frente, pois iam para lá de Campo Grande. Os demais já tinham ido embora.

Ao longe, ouvi alguns gritos e barulho de gente correndo. Esses sons foram se tornando cada vez mais próximos, até que ouvi, bem perto, uma voz que dizia: "Esfaqueado".

"Não", pensei, "esta noite, apesar de tudo, ninguém foi esfaqueado".

– O Sid foi esfaqueado! O Sid foi esfaqueado!

Levantei-me, assustado. Felipe estava na minha frente, gritando, com a camisa suja de sangue:

– O Sid foi esfaqueado! O Sid foi esfaqueado!

– Por quem? Esfaqueado por quem?

– Os carecas ficaram de tocaia, quando a gente apareceu eles vieram por trás, deram o bote!

As sílabas jorravam da sua boca, sangue escorria dos seus braços.

"Sid foi esfaqueado".

– Me leva até ele!

Corremos, de novo, como tantas vezes naquela noite que insistia em não terminar, apesar de o dia já ter raiado. Ao redor do meu amigo havia um círculo de curiosos, que abriram passagem quando viram o nosso estado. Sid estava estirado no chão, sem camisa, esperando pela ambulância. Ao seu lado, uma poça de sangue, e ele pálido, muito pálido. "Pálido de morte", pensei, mas reprimi aquele pensamento, horrorizado.

Ajoelhei-me e segurei sua cabeça, de modo que ele pudesse olhar para mim:

– Sid, vai ficar tudo bem. Só fica acordado, por favor.

Controlava-me para não chorar. Hemorragia, desespero. Ele tentava me dizer alguma coisa. Aproximei os ouvidos da sua boca:

– Júlia... Não conta pra Júlia... – foi tudo o que ele me disse, antes de tombar desacordado.

XXXII

A morte do Sid foi o primeiro acontecimento realmente trágico da minha vida. Na tarde terrível do seu velório, a tempestade desabou sobre a Primeiro de Maio. Um vendaval violento sacudiu o mundo, e fez do dia, noite. O tempo parecia desnorteado: troncos de árvores rompidos, ruas alagadas. Uma borboleta amarela passou serpenteando na minha frente, lutando para sobreviver contra a fúria molhada que soprava e castigava seu corpo frágil.
 Perdi a conta de quantas garrafas de cachaça se beberam naquele dia. Depois que a chuva passou, fomos a pé até o pobre cemitério suburbano, morada de derradeiras tristezas. Na capela, uma família reduzida, estranhos reunidos por mera formalidade. Júlia não foi: estava na casa da avó, dopada. Ao lado de Ivair, pai de Sid, uma mulher nem velha nem nova, ainda bonita, tinha o rosto fechado. Sua atitude era como a de quem assiste a um espetáculo com gravidade, mas indiferença. Alguém disse que era a mãe do Sid. Difícil pensar na bela mulher casada com aquele homem encurvado, seco, amargo. Talvez lá atrás, quando eles se conheceram, ele não fosse assim;

talvez ele ainda acreditasse na vida, no amor, na felicidade e outras coisas parecidas. Nele, o luto não vinha alterar nada: este era o seu estado de espírito permanente.

Um padre pediu um minuto, iria começar a oração.

– Irmãos, peço que se deem as mãos.

– Irmão de quem? – irrompeu Ivair. A mulher ao seu lado arregalou os olhos, espantada. Ainda mais espantado estava o padre, que respondeu sem muita convicção:

– Irmãos em Cristo.

– Cristo? Quem é Cristo? O mesmo cachorro que tirou meu filho de mim?

Espanto. Lá fora o dia se abria, como se a chuva se desinteressasse do assunto, agora que a tempestade se instalava do lado de dentro do recinto.

– Eu entendo sua revolta, mas de nada vai adiantar a sua blasfêmia.

– Eu sei que não vai adiantar a minha blasfêmia! Nem vai adiantar eu me ajoelhar para Ele! Não vai adiantar nada! Nada!

O homem parecia estar fora de si.

– Você quer que eu faça o quê, hein, me diz, seu filho da puta? Que eu agradeça pela desgraça que aconteceu? Que eu dê a cara pro assassino do meu menino bater?

Rasgando sua máscara de frieza, a mulher interveio:

– Para com isso, seu louco, chega!

O homem, irado, deu um passo à frente, o padre, dois para trás. Ele nos olhava pedindo solidariedade, mas a nossa única preocupação era com a aglomeração dos seguranças do lado de fora.

– Para com isso! – disse a mãe do Sid, se colocando na frente do seu ex-marido. – Seu cavalo, seu estúpido!

Ele, com os olhos injetados de ódio, deu um empurrão nela:

– Você abandonou eu e ele, sua puta! Vai embora!

Nessa hora, três seguranças agiram. Foram direto até Ivair, e pegaram-no por trás, torcendo seus braços. Logo, Deco se interpôs, esmurrando um deles, e a briga generalizou. Na confusão de pernas e braços, rasgou-se o pano vermelho que cobria a parede, e com ele o crucifixo veio ao chão. Pessoas de outros velórios vinham ver o que acontecia, duvidando do que os seus olhos lhes mostravam. De repente, mais pessoas estavam brigando; todos se voltaram contra nós, acreditando, pelas nossas roupas, que éramos os causadores do tumulto. Explodira uma espécie de guerra santa. Cadeiras quebravam as janelas, o vidro se espatifava, vozes amaldiçoavam:
– Inferno! Vocês vão arder no inferno!
Mais seguranças chegaram, todos os seguranças, e o fato de estarem sóbrios tornava a luta desigual. O pai do morto era arrastado pelos pés e pelas mãos. Eu não via nada, estava cego, absolutamente cego, de dor, de amargura, de ódio. De onde vinha tanta fúria? Não sei, não sei, não sei. De algum lugar que jamais foi descrito; talvez, do mesmo lugar onde nascem as tempestades. De repente, enquanto uns se debatiam, outros se socavam, e outros giravam, alguém esbarrou no caixão, que veio abaixo, e o corpo do Sid se estatelou no chão.
– Ohhh!
Assombro.
E, depois do assombro, silêncio.
O padre sumira. Os seguranças, assustados, recuaram. O envelhecido Ivair, no chão, arrastou-se até o filho, e desabou num choro cortante, corrosivo. A mãe do Sid tinha parte da blusa rasgada, como o filho quando morreu. Sentou-se, então, no chão, ao lado do ex-marido, e cochichou alguma coisa no seu ouvido. Ambos começaram a acariciar o cabelo encaracolado, sem vida, do filho. Sid tinha a expressão serena: naquela hora, a

única certeza que podíamos ter era de que toda aquela confusão lhe era absolutamente indiferente.

    Do lado de fora, os mesmos que há pouco brigavam, começaram a aplaudir. No instante seguinte, começaram a chorar. Lara, ao meu lado, segurou minhas mãos, com muita força e alguma ternura. Ela chorava, como eu, um choro amargo, de quem perde uma parte de si mesmo. Até então, não sabia o que era a morte, assim, tão de perto. Nunca me pareceu que as nossas brigas pudessem ter esse desfecho. Como num filme, imaginava que pelo simples fato de termos razão, ou de supor que tivéssemos razão, tudo acabaria bem. Sempre voltaríamos para nossas casas, sãos e salvos, depois que o dia amanhecesse. Começava a aprender que nada era assim tão belo, nada tão simples. E que a vida se assemelha menos com uma rocha de mil anos, do que com o vento passageiro que corta o meu rosto, neste exato momento; ou com a mão da mulher que eu amo, que agarra a minha, no instante em que eu mais preciso.

XXXIII

Naqueles dias sombrios, além do Sid, perdi também Júlia. A Júlia que escrevia poesias, que a cada semana pintava o cabelo e apaixonava-se perdidamente, murchou de modo irremediável, qual planta ressequida. Rompeu com a vida que tragou seu amor e com tudo que se relacionava a ela, o que, é claro, me incluía. Apesar de todos os protestos, ela sequer quis registrar o nome do pai na certidão do Gabriel, embora os olhos do menino fossem mais eloquentes que qualquer assinatura. Logo, apareceu casada com um cara bem mais velho, correto, previsível, desprovido de sonhos para além do quintal. À muitos ela surpreendeu, e até revoltou, com aquela atitude. Eu me mantive na expectativa de que um dia ela se desprendesse do casulo. Afinal, pode-se mudar de pele, mudar o coração é coisa muito mais difícil.

XXXIV

E o que era até então certeza começou a desmoronar.

O ambiente na Praça era ruim. Por Felipe, soubemos o que acontecera quando os skinheads apareceram. Enquanto ele e Sid resistiam como podiam, Reinaldo saiu em fuga, entrando pela janela de um ônibus em partida. De nada adiantaram suas lágrimas amargas, as palavras, as desculpas. Não foi apenas expulso do grupo: foi humilhado, cuspido, execrado. Sua jaqueta cheia de rebites foi queimada. Daquela vez, não esboçou sorriso algum após a última frase.

"E se fosse eu quem estivesse lá? Será que eu também correria, entraria pela janela, esbaforido, choraria com remorso enquanto o ônibus arrancava?".

Só o pensamento me dava calafrios. Tinha mais medo dessa possibilidade que de morrer à faca. Mas eu só saberia como iria reagir àquela situação no dia em que estivesse dentro dela. Fora disso, apenas intenções e conjecturas.

Mosquito, sabendo que Rafaelzinho e eu o detestávamos, passou a se abrigar mais e mais na amizade com Beto e Deco, que ignoravam estar sendo usados como escudos.

A cada encontro, refazíamos os planos de vingança; a cada gole de cachaça, nos aproximávamos mais do acerto de contas, mas os dias amanheciam e tudo se adiava. Até que eu acordei um dia e me dei conta de que os móveis da minha consciência haviam trocado de lugar.

O que, até então, me parecia uma inabalável aura de coragem e liberdade se revelava perante os meus olhos como um misto de alcoolismo e carência emocional, nem estudo/nem emprego, desencanto. De repente, todos os caminhos pareciam fechados. Só havia névoas e, no meio delas, um barco à deriva.

XXXV

Sábado, estive na nossa velha casa. Minha mãe e minha tia me esperavam, com as mesmas expressões e palavras de sempre. Tia Carmen, embora aposentada, continua trabalhando (diz que não consegue "ficar parada"); minha mãe permanece calma, enfurnada numa tristeza só dela, que não compartilha com ninguém. Foi esquisito quando eu bati asas: estava na faculdade e aluguei uma vaga num quartinho de empregadas, no Rio Comprido. Às vezes, depois da aula, eu ficava sentado em algum banco de praça, olhando o nada. Não sabia o que fazer com aquele excesso de tempo que me sobrava, já que não era mais preciso ir e vir do subúrbio. Dava até pra sentir mais solidão. Agora, embora minha mãe sempre faça questão de dizer que aquela "ainda é a minha casa", eu chego tarde com a desculpa de que venho de longe, e saio cedo com a desculpa de que o horário do trem está cada dia pior. No caminho, praguejo contra a distância.

Sinto a alma empoeirada. Se Nina estivesse aqui, pelo menos, eu teria alguém com quem conversar... Meu quarto virou um depósito: sobre o sofá-cama onde eu dormia, duro como pedra, amontoam-se caixas, roupas, carregadores de celular. Papéis avulsos no chão. Os meus CDs, comprados com tanto esforço, não valem mais nada, jazem inúteis sobre a escrivaninha.

– Eu vou ajeitar isso – promete minha mãe –, só tenho que tirar um dia pra arrumação.

– Bobagem, dona Leila, pro Natal eu venho com calma...

Antes que eu termine a frase, tiros. Tiros na escola, tiros onde eu moro, tiros em Realengo. Tiros. Se a cidade for uma orquestra, talvez os tiros sejam seu maestro, aquele senhor implacável que dita o ritmo dos demais.

– Acho melhor você ir enquanto está claro – fala minha tia.

– Melhor mesmo – concordo, sem um pingo de preocupação, apenas por hábito.

Na saída, homens do Exército guardam a rua. Suponho que sejam jovens recrutas. Magros, ostentam os fuzis sem conseguir esconder de todo o seu esforço. Penso nos meus alunos, penso no Sonho, cuja imagem quase desapareceu, penso no Dudu. Eles bem que poderiam estar ali, de qualquer lado daqueles tiros.

XXXVI

Aquele quarto ainda tinha pôsteres nas paredes, cobertas limpas, CDs e livros mais ou menos organizados na noite em que ela apareceu ali, pela primeira e última vez.

Despertei com o barulho de um objeto arremessado contra a janela. Depois de alguns segundos, ressoou outra pancada, ainda mais forte que a primeira. "É algum moleque de sacanagem", pensei bravo, erguendo-me. Abri o visor da janela para descobrir quem era.

"Não pode ser. É um sonho".

Esfreguei os olhos.

"Lara!"

Quando abri a janela, ela se preparava para arremessar mais uma pedra. Falei, sussurrando:

– Espera um pouco. Já vou abrir.

Na escuridão, percebi que ela sorriu, e aquilo era tão maravilhoso que me afligia.

As lembranças daquela noite são tão reais que até duvido que sejam minhas, como se eu tivesse lido aquilo, com riqueza de detalhes, em algum livro, ou visto num filme. Pisava devagar para não fazer barulho. Da rua vinha um cheiro gostoso de terra molhada. A fisionomia de Lara é inesquecível: os cabelos curtos, que tanto realçavam o seu belo rosto, começavam a crescer, já quase descaíam sobre os ombros. Ela vestia uma blusa de manga comprida, larga, úmida de chuva. O seu sorriso cansado abrigava todas as respostas e todas as perguntas.

Devo ter ficado com cara de idiota, porque ela perguntou:

– Pretende me convidar pra entrar?

– Entra!

E, já na sala de casa, perguntei:

– Como você chegou aqui?

Ela riu, acho que já acostumada com meu jeito de quem não sabe o que dizer. Respondeu, mudando de assunto:

– Eu também senti sua falta.

– Lara, que bom que você veio!

Abraçamo-nos. Primeiro, um abraço terno; depois, um abraço faminto, caudaloso, de homem e mulher. Neste confronto sem perdedores, lançávamos gestos contra gestos; intensidade contra intensidade; atos contra atos. As palavras, abolidas, por desnecessidade. Celebrávamos a plena correspondência da pessoa amada, alegria maior, e mais rara, que a vida pode dar.

Sem que eu previsse, ela se desvencilhou por um momento de mim e avançou para a coleção de CDs sobre a escrivaninha. Alguns eram punks, mas havia muitos outros de MPB e rock, tomados da coleção da minha mãe, que, aos poucos, eu voltava a ouvir. Depois de examiná-los, ela me olhou, com um ar interrogativo:

– Você ouve isso?

– Às vezes. – Respondi, ficando sem jeito.

– Que bom. Estou cansada de ouvir sempre as mesmas coisas. Na verdade, eu estou cansada das pessoas que ouvem sempre as mesmas coisas.

– Eu gosto de boas melodias.
– Então vai, bota alguma coisa de que você goste.
Olhei para ela, desconfiado, achando que talvez aquilo não fosse uma boa ideia.
– Vai, por favor! Eu não conto pra ninguém o que o punk aí escuta nas horas vagas. Até porque, daqui em diante, eu serei sua cúmplice.

Avancei até a coleção, cheio de dúvidas, mas num estalo ela se desfez. No rádio, pus "Como é que se diz eu te amo". "Nunca será errado escolher Legião Urbana", pensei. Quando me virei, Lara estava com os olhos fechados, cantarolando. Nesse instante, fui invadido por tudo que eu sentia por ela, e era avassalador.

– Não sei dizer como é bom você estar aqui.
– Não precisa falar nada – ela respondeu, colocando o dedo indicador sobre os meus lábios – Ou melhor, fale, mas com o corpo inteiro.

Talvez aquele tenha sido o momento da minha vida. Tocando no rádio, "Giz" coloria os nossos corações.

XXXVII

Lara foi da minha casa diretamente para a rodoviária, rumo a São Paulo. "Problemas de família", ela me disse, e eu só pude concordar, querendo no fundo deixá-la entre quatro paredes, duplicar a nossa história em cópias frente e verso, coloridas, em cenários seguros, imunes aos medos e aos desamores.

Alguma coisa tinha ido tão longe que já tornara impossível o retorno, como cartas que se extraviam, pipas que voam sem linhas.

Mas o quê?

Numa noite, entediado, ouvia Beto desfiar histórias velhas, enquanto montava uma nova bebedeira. Sua vida me parecia agora pobre, pobre de um modo assustador, mas não devido à casa de paredes sujas, às portas de madeirite, à garrafa d'água solitária na geladeira. Não. Pobre de vontade. Para ele, assim como para Mosquito e Deco (seus pupilos), não havia questões, ou dúvidas, mas apenas a desesperança. Eles eram, de alguma forma, militantes da descrença.

"Acho que eu prefiro todas as dificuldades, e todas as dúvidas, de quem acredita. Mas em quê? Esta é a questão. Esta é sempre a questão".

Rafaelzinho, de quem eu me aproximei ainda mais depois da morte do Sid, sentou-se ao meu lado e falou, com a voz seca:

– Estou pensando em me adiantar daqui, pelo menos por uns tempos.

– Por quê?

– Acho que essa turma aí – apontou com os olhos o pessoal que conversava ao redor do Beto – já deu o que tinha que dar.

Espantei-me. Falei:

– Também não é pra tanto, Rafael. Logo o Dudu sai da cadeia, tudo volta a ser como antes.

– Você acha mesmo?

Não esperava aquela indagação dura. Era como se pela boca do Rafael perguntasse a minha própria consciência – e eu, de fato, já não sabia o que responder.

– Aí, André – falou o Deco, virando-se pra mim – É ou não é verdade que o Dudu, aquele dia...

De assunto em assunto, a noite continuou, e eu não demorei a ir embora, porque no dia seguinte, de manhã, teria prova. Nem lembro se me despedi de Rafael. Nunca mais nos vimos.

XXXVIII

Na escola nova, agora no primeiro ano do ensino médio, eu vivia uma fase de descoberta dentro da descoberta: com os Incendiários eu conheci o mundo das noites, das brigas, da fidelidade ao grupo. Agora, eu conhecia os prazeres diurnos, a cumplicidade e as pequenas transgressões adolescentes. Havia também uma enorme biblioteca, onde eu reparei, pela primeira vez, na riqueza que pode estar contida em alguns minutos de silêncio. Eu lia e lia, na escola, no trem, em casa. A música continuava importante, mas eu já não encontrava nas letras resumidas todas as respostas que a minha mente inquieta procurava.

Numa tarde ensolarada, combinamos de matar aula para ir à praia. No supermercado, compramos pães, mortadela e refrigerantes. Era um dia de semana e a orla estava pouco movimentada. Passamos algumas horas tranquilas, rindo muito, implicando uns com os outros, e os primeiros casais da turma se formaram ali. Desses, um pelo menos durou até o terceiro ano. E eu, que vivia como um morcego, aproveitava a sensação gostosa do calor sobre a pele, da areia fina sob os pés, da brisa arejando o pensamento. Tudo quase perfeito. "Quase" porque faltava uma peça fundamental: Lara.

XXXIX

Flávia, minha melhor aluna do terceiro ano, sonha em fazer arquitetura na faculdade. Como quase todos os meus alunos, se ela conseguir mesmo a vaga, será a primeira da sua família a se sentar num banco universitário. Mas, nos últimos dias, ela parece desanimada: não faz mais perguntas, e embora seu corpo esteja presente na sala de aula, sua atenção parece vagar, longe.
Depois da aula, pergunto:
– Flávia, você pode ficar mais um pouco?
Ela tenta responder, mas sai um fiapo de voz. Como quem acaba de ser golpeada no peito.
– O que foi que aconteceu?
– Eu estou desesperada, André, eu não sei o que fazer.
– O que houve, Flávia?
– Eu estou grávida.
Paro para respirar. Tento consolá-la:
– Flavinha, isto não é um ponto final na sua vida. Você não tem que abandonar nada por causa disso.
– Professor, eu vou te falar a verdade: o pai é bandido. Eu não queria ter esse filho, ficar amarrada a homem,

depois ele vai preso e eu sou obrigada a ir lá visitar, esperar nem que seja cinco, dez anos. Ele pode ter quantas mulheres quiser, mas eu tenho que ficar presa a ele, até ele enjoar de mim. Não queria essa vida. É muito triste.

– Você já conversou com ele?

– Já. Ele falou que quer ser pai, e que quer que seja homem.

Não posso deixar de rir. "Quer que seja homem".

– Flavinha, você não pode ser obrigada a fazer o que não quer.

– André: quando você é pobre e favelada, não é assim que funciona. Mas obrigada pela força.

Ela sai, batendo a porta. A outra turma vai entrando, mas eu nem ouço seu barulho, as cadeiras se arrastando no chão, o funk alto, que alguém liga no volume máximo, em plena sala de aula. Acho que não sou eu que ando em círculos: é o Brasil que gira, gira, gira, e parece sempre voltar para o mesmo lugar. Mudam as roupas, as músicas, as gerações, mas os nossos problemas essenciais permanecem. Os corações sempre parecem partidos neste ponto dos trópicos.

XL

Tinha esperanças de que, revendo a Lara, as dúvidas que eu levava na cabeça se dissipariam. Estar apaixonado por ela era a única certeza daqueles dias. O diabo era que eu não tinha a menor ideia de como ela via as coisas. Lara parecia fazer questão de fugir a qualquer decifração.

No dia do seu retorno, duas horas antes do horário marcado, eu já estava na rodoviária. As pessoas apressadas, andando de um lado para o outro, cheias de planos, opacas. "Rodoviárias devem ser lugares cheios de aflições".

Ao me ver, plantado diante do portão de desembarque, Lara abriu o seu melhor sorriso:

– Oi.
– Oi.

Não saberia dizer se eu estava finalmente em paz, ou, ao contrário, no ápice da angústia.

Abraçamo-nos. Quando busquei os seus lábios, ela desviou.

A seu convite, fomos comer uma pizza (que ela pagou, porque eu tinha apenas o dinheiro da passagem). Ela tomou a iniciativa:

– Eu entendo que você ainda esteja triste pelo que aconteceu com o Sid, André. Eu me preocupei e senti muito por você, nessas semanas.
– Que estranho. – Respondi, num tom ácido, que me escapou sem intenção. – Você devia sentir por ele, que morreu.
– Não, não foi isso que eu quis dizer. – Ela corou. – É que vocês eram muito ligados.
Fico em silêncio, um silêncio cheio de palavras reprimidas. Ela insiste:
– Que bicho te mordeu?
– No fundo, todos me parecem mais ou menos indiferentes, sabe? O Sid morreu, o Rafaelzinho caiu fora... Dá a impressão de que os melhores sempre se ferram primeiro, enquanto os outros seguem na pasmaceira, fingindo por algum tempo que estão preocupados, quando não estão nem aí.
– Talvez as pessoas só estejam seguindo em frente, André. Gostar de alguém não é ir para o buraco junto. O seu jeito de se importar com as pessoas é bonito, mas muito pouco prático.
Disse isso e baixou os olhos, para comer a fatia de pizza que esfriava. Não viu a expressão de raiva que eu fiz. Esperei, em silêncio, que ela parasse de mastigar. Quando finalmente levantou os olhos, eu respondi:
– Eu não acho que seja prático ficar um dia depois do outro vegetando numa praça, achando que podemos mudar o mundo enchendo a cara, jurando amizades eternas que não se comprovam na hora do aperto.
Tomei um susto, e creio que Lara também. Ainda não havia verbalizado, daquela forma, o meu profundo descontentamento com o mundo do qual eu fazia parte até então, que era o mesmo mundo ao qual Lara pertencia e no qual ela ainda acreditava. "Eu não acredito

mais nisso", pensei, as ideias já tomando um contorno definido dentro de mim. "Deve haver outros meios, mais efetivos, para mudar as coisas".

Agora, pelo menos, a fria superioridade dela se partira. Por que, lá no fundo, sentimos prazer em ferir quem amamos?

– Você tá falando bobagem, André. – Ela rebateu, irritada. – Chegou ontem no movimento e já quer ser o dono da verdade.

"Respostazinha típica". Naquele momento eu cheguei a detestá-la.

– Dono da verdade? É fácil discutir assim, com as frases feitas de sempre. Você é pior do que eles: uma garotinha mimada, que se aventura de vez em quando no subúrbio. Uma pedra de gelo, que não sente nada por ninguém, é isso que você é!

Mil sirenes tocavam e giravam e esmurravam minha cabeça ao mesmo tempo. Vendaval levando tudo embora, tornando indiscernível o que era raiva do que era decepção. É provável que o acúmulo de tudo que nos transforma demore a acontecer, mas uma vez completo, basta um piscar de olhos e já foi. Nós não ficaríamos juntos, como cheguei a imaginar naquela noite mágica, que já parecia tão distante, tão absurda. Nada havia a fazer. Levantei-me e fui embora.

Ela veio atrás de mim:

– André, você não tem o direito de falar assim comigo!

O pior é que ela estava certa. Eu estava sendo estúpido e sabia disso; ou apenas uma criança, que mal começa a engatinhar nos problemas do grande mundo. À custo, articulei algumas palavras:

– Desculpa. Não precisa ser horrível desse jeito.

Reparei que os seus olhos estavam úmidos. Seco de lágrimas, eu também chorava em algum lugar, aqui dentro. Peguei suas mãos, e ela apertou as minhas com força, depois falou:

– Eu consegui passar pra Letras na Unicamp. Minha família vai me ajudar, mas eu tenho uma porção de coisas pra resolver. Volto pra São Paulo amanhã.

Disse isso, e as lágrimas rolaram abundantes no seu rosto. Ia dizer mais alguma coisa, mas se conteve. Depois, tomando fôlego, completou:

– Talvez você esteja certo, todo mundo aqui fodido e eu sustentada por papai e mamãe, fazendo faculdade. Mas eu não sou a mulher madura e decidida que você enxerga. Eu não tenho respostas pra te dar. Desculpa.

Ela soluçou. Senti um nó na garganta. Disse-lhe, com amargura:

– Eu sempre soube que não daria certo.

– Não diz isso, André! Você é um cara muito melhor do que todos os outros que eu já conheci. Não vão faltar pessoas muito melhores do que eu na sua vida.

Calei. Meu pensamento colado ao solo, atordoado. Ela continuou:

– Olha, eu só voltei aqui no Rio pra te ver, pra te dizer isso pessoalmente. E porque eu senti saudade. Eu sei que desse menino aí vai sair o melhor cara com o qual uma garota poderá ficar algum dia.

– Bom saber que pra você eu sou um menino.

– Mas eu também sou só uma menina! Embora seja verdade que nós amadurecemos bem mais rápido do que vocês.

E sorriu. Eu sorri também. Um sorriso descolorido.

Era evidente que para ela era mais fácil, como é evidente que é sempre mais difícil para quem fica. Depois do abraço, um beijo, terno, desses que não prometem nada depois. Não falamos em trocar cartas ou visitas periódicas. Pelo menos, seríamos sinceros. Depois da

morte do Sid, só Lara me ligava aos punks, ao mundo que se encontrava toda quinta-feira na Praça Primeiro de Maio. Sem ela, nada daquilo fazia mais sentido. Quando se preparava para pegar o ônibus, ela ainda falou:
– Eu odeio despedidas.
– Então não se despeça. – Eu enxugava, com carinho, suas lágrimas. – Você já mora comigo, e vai continuar morando, pra sempre.
– Você também. Pra sempre.
– Só te peço uma coisa: eu quero uma foto.
– Agora? – ela me disse, espantada.
– Agora. Você tem uma aí contigo?
– Eu só tenho uma 3x4.
– Então me dá!
– Mas é horrível! Eu pareço um fantasma nela.
– Nenhuma imagem sua será menos bonita pra mim. Eu te peço.
– Ai... que vergonha... Está bem, toma.
Abriu a bolsa, cheia de papéis e livros e embalagens vazias de biscoito, e me deu a foto. Seu constrangimento aumentou a graça do momento. O motorista do ônibus acelerou, fez o motor perguntar: "vai ou não vai?". Aquela engrenagem mecânica era incapaz de adivinhar o quanto estava em jogo naquele momento. Lara finalmente subiu, sem dizer "adeus", como combinamos. Ainda depois que ela rodou a roleta, e se sentou num banco, eu estava lá, pronto a acenar-lhe. Mas o motorista deu a partida e ela, distraída fechando a bolsa, não olhou para trás.

XLI

Eu amei depois da Lara. Fecho os olhos e os nomes surgem diante de mim, nomes e rostos felizes, cabelos, pernas, batons. Descasei sem ter casado; já rompi, já romperam comigo. Mas no final... Por que os amores sempre se acabam?

No fundo, acho que eu sou um solitário. Vejo as pessoas ao meu redor casando, tendo filhos, e eu ainda estou aqui, eu ainda sou o filho. Pelo menos, eu tenho o privilégio de ter duas mães, Leila e Carmen, mãe da minha mãe, como ela diz orgulhosa, de vez em quando. Às vezes, brinco que eu tenho um monte de filhos: meus alunos, que eu adoro e detesto como qualquer pai, embora eles não saibam disso.

Talvez eu apenas dramatize uma dúvida pela qual todos passam, quando a juventude, no seu outono, vai se convertendo em maturidade: e agora, homem, qual é o próximo passo? Homem, não menino, entendeu? Acho que eu estou bem aqui, neste ponto de bifurcação, agora. Quando Lara ainda estava na minha vida, era tudo diferente, mas a situação, afinal, era essencialmente a mesma.

Lara, Lara. Ela está sempre lá, aqui, enfim, sei lá. A ironia é que o fato dela ter saído tão cedo da minha vida deve ser o que a mantém presente: ela ainda tem aquela pura energia da fase das descobertas; o brilho intenso nos olhos; a interminável vivacidade do corpo.

Os "punks de Bangu" hoje são camelôs, desempregados, vagabundos, pelos pedaços de história que a gente acaba juntando aqui e ali. Seguem sua sina no subúrbio, embora não sejam mais garotos. Lara era só uma planta, eu é que emprestava, com meus olhos apaixonados, toda uma construção para ela. Mas essa construção ideal, fictícia, não é por isso menos bela. Como as lembranças da infância mais remota, belas exatamente porque são quase uma fantasia.

Houve um depois de Lara? Houve. Mas, ainda assim, às vezes parece que falta um pedaço. Aconteceu tanta coisa, mas são lembranças pálidas, como um dia de trabalho normal, do qual não guardamos mais do que o gosto de café, o amargo da rotina.

Tive, aí, uns arremedos de felicidade. Mas, e os sonhos, quem pode controlá-los? O pior é isso: quando pareço me distanciar, quando pareço enfim alcançar um ponto em que ela não pode me atingir, ela surge num sonho, e estraga o meu dia.

Talvez não seja Lara a minha ideia fixa. Simplesmente ocorre que, muitas vezes, quando a vida se complica, é preciso voltar ao passado, em busca das pistas que nos expliquem como chegamos a esse ponto.

XLII

Eventualmente, contrariando toda lógica, é o passado que vem bater à nossa porta.

Chego na escola outro dia e encontro a sala da diretora de pernas pro ar. Carolina anda de um lado para o outro, nervosa. Uma mulher chora diante dela, depois bate na mesa, aflita.

– O que houve? – pergunto pra Jussara, faxineira.

– Sabe aquela menina do terceiro ano, a Flávia? Então, embuchou de bandido, tirou sem permissão dele, agora tá lá em cima, no desenrolado forte.

– Desenrolado?

– É, tipo um julgamento.

Meu coração repuxa, como se estacas pesadas rasgassem o meu peito. Sem que eu pergunte nada, a mulher responde:

– Professor, como é que ela foi tirar sem autorização dele? Quem é de fora não entende a lei da favela.

Entrei na sala da diretora. A mulher, que suponho ser mãe de Flávia, chora, desesperada.

– Por favor, alguém vai lá em cima, talvez eles escutem vocês.

– A gente não pode fazer nada, senhora, me desculpa.

A diretora diz isso, e vem na minha direção, agarrando meu braço.

– Juro pra você, André, eu não aguento mais: cada dia é um BO... Eu vou pedir exoneração.

– Mas você não vai fazer nada?

A mulher me olha, assombrada.

– Você quer que eu faça o quê? Que eu chame a polícia pra subir a Vila Cruzeiro porque uma menor fez um aborto sem consultar um traficante? Sério isso? E pior, se isso acontecesse, aí é que elas estariam condenadas mesmo.

– Não é possível, Carol, se a mulher está aqui é porque deve ter um jeito, uma forma de ajudar.

– A mulher está aqui só por um motivo: não tem mais a quem recorrer. Pra mim, chega.

Um minuto depois estou saindo da escola, quebrando as ruelas empoeiradas, os mototaxistas desconfiados, os primeiros pontos de venda de drogas. Faz um calor infernal. Além da mãe desesperada, que são meus ouvidos e meus olhos no labirinto, Célio veio comigo. Deve estar bêbado: sóbrio, não faria essa loucura.

XLIII

Na subida, sob um sol medonho, a poeira e o suor misturam-se, formam uma crosta pesada que gruda no corpo. Não há uma árvore: no morro densamente povoado, cada palmo de terra abriga um despossuído. Mesmo os casebres mais escuros, sem janelas ou uma demão de tinta sequer, mesmo os escombros mais úmidos e que fazem limite com as pedras – são casas, abrigam gente.

A mulher vai na frente. Na favela, todos se conhecem, e os seus mil olhos sabem muito bem quem é de dentro e quem não é. Ela, nascida e criada, anda aquilo tudo, suas visitas também. Um ou outro menino, com um rádio na cintura, a cumprimenta:

– Boa tarde, tia.
– Tarde, menino.

Ela anda ligeira; a ladeira é quase a extensão das suas pernas. Para acompanhá-la tenho que fazer algum esforço, e vigiar o Célio, que vem atrás, resmungando.

– Você me deve uma pelo resto da vida, seu filho da puta! Se tiver vida depois disso.

– Anda!

Um cheiro indefinido, junção de terra, fritura, sabão em pó e água estagnada impregna o ambiente. Crianças nuas correm de um lado pro outro no chão sem asfalto, fazem estripulias. Aqui e ali cisca uma galinha. Nas paredes, todo tipo de grafites e pichações. A palavra que mais aparece escrita nos muros é: liberdade. Liberdade para fulano, beltrano, ciclano. Depois dela, a palavra saudade: saudade de outros fulanos, beltranos e ciclanos, os quais, suponho, não mais são, foram interrompidos.

Subimos mais. Subimos uma eternidade. Até que chegamos numa barreira em que nem mesmo a velha moradora podia passar.

"O que quer que seja, deve ser aqui".

No encontro de duas ruelas estreitas há uma espécie de praça. Aqui é a parte alta do morro, porque além, mais acima, já se avista espessa mata desabitada. No centro, mesas e bancos de concreto. Homens sem camisa se abrigam do calor embaixo de uma tenda branca. Estão recostados num sofá velho. De relance, vejo fuzis, muitos fuzis, uma dezena de fuzis. Baixo os olhos: tenho medo de virar sal.

Célio cambaleia, dá meia-volta, mas eu o agarro pela cintura, sussurro nos seus ouvidos:

– Agora você já está aqui. Vai ser mais perigoso voltar sozinho.

Um homem armado vem em nossa direção:

– Quem são vocês?

No seu olhar não há fúria, mas apenas uma truculência protocolar, como a de qualquer sentinela. A mulher responde, com voz humilde, mas não submissa:

– Eu sou a mãe da Flávia. Eles são professores, vêm testemunhar por ela. É o cem.

"É o cem. Que diabos isso significa?".

A um gesto do homem, passamos. Quando nos encaminhávamos para adentrar num casebre, aos fundos da praça, outro personagem armado corta o nosso caminho:

– O que é isso aqui? Ninguém vai tirar aquela piranha daqui não!

– Não fala assim da Flávia, seu monstro!

O homem ergue a mão para agredir a mulher e eu, por instinto, a puxo pelo braço.

Num giro rápido, a arma está apontada para mim.

Minha mãe, Carmen, Sonho, Nina, Célio, minha casa, as turmas, Flávia, trabalho, a próxima greve, a situação nacional, tudo bruxuleando na minha frente. Não tenho mais nada a temer, então, fixo os olhos nos olhos do meu potencial assassino: constato que ele está fora de si. Os outros não esboçam reação, nem haveria tempo. Aquele homem está mesmo prestes a apertar o gatilho.

– Baixa a arma.

Uma voz calma, cheia de autoridade, ordena. Detrás da porta, a penumbra não me deixa ver o seu rosto. Ele repete:

– Eu já mandei baixar a arma.

A arma, então, abaixa. Eu estou vivo, por enquanto.

A mulher, num minuto, está ajoelhada aos pés do homem que manda:

– Pelo amor de Deus, eu imploro, não faz nada de mal com a minha filha!

– Levanta, minha senhora, levanta. Não sou Deus pra ninguém ficar no meu pé.

A mulher se ergue, tenta abraçar a voz que comanda, mas ela se esquiva. Pergunta:

– A senhora é moradora, mas quem são esses aí? Do morro não são.

– Eles são professores da minha menina, vão testemunhar por ela.

– Não precisa de testemunho. Sua filha já confessou

que agiu por conta própria, sem perguntar pra ninguém. Deu mesmo essa mancada. Mas, oh: eu te deixo falar com ela mais uma vez.

– Não! Não! Pelo amor de Deus, você deve ter mãe, eu imploro pela sua mãe...

– Tenho mãe, não, senhora.

Alguma coisa no seu jeito de falar ativa uma memória profunda dentro de mim, que eu não sei ainda o que é nem de onde vem.

O homem ficou ríspido. O outro, que me ameaçou com a arma, voltou a me encarar. "Eu não saio daqui hoje".

Expectativa. De repente, todos me olham, exceto a mulher, que voltou a se ajoelhar, e Célio, que coça a cabeça, arrependido de estar ali. "Por que estão me olhando?". Horrorizado, vejo que o homem, desde a penumbra, é o responsável por isso: ele aponta o dedo indicador para mim.

– Você.

– Eu? Não, imagina.

Nego. Nego, nego, nego. Não fui eu. Sou professor de geografia. Ali na boca tem gente que pode confirmar. Vim testemunhar pela menina.

– Você.

– Eu? Não, imagina.

"Eu sou professor, não sou polícia".

– Qual é o seu nome?

– André – saiu sem convicção. – André, eu sou o André. – Agora, mais forte.

– Não acredito.

O homem abre os braços, como quem se vê diante de um amigo há muito perdido no mundo. Ninguém entende nada. Célio levou as mãos ao peito, parece ter dificuldades para respirar. Nada é real, nada ali é real: só pode ser um sonho.

XLIV

Ele não é mais o menino mirrado, que um dia foi revistado pela polícia perto da minha casa e depois saiu com as pernas bambas, pesadas que nem melancia. Não é mais o rapazinho do início da adolescência, que sonhava em entrar para um grupo de pagode e comprar um casão 'fora da favela'. Ele não é mais o Sonho; nem é o Francisco, nome de chamada na escola, que ele detestava porque, no recreio, os outros moleques zombavam dele: 'E aí São Francisco, vai jogar bola hoje?'.

Sonho e Francisco viraram Chico Aço. "Traficante perigoso". É assim que ele mesmo se apresenta, colocando, sobre a mesa, um cartaz do Disque-Denúncia em que aparece um retrato dele e o nome:

"Francisco da Silva – Vulgo: Chico Aço.

Recompensa: três mil reais por qualquer informação que leve à sua captura".

– Minha meta é chegar a dez mil, neguinho – ele diz.

– Dez mil, como assim?

– A recompensa pra me agarrar chegar a dez mil. Aí é porque eu virei chefe brabo mesmo.

– Mas você não é o chefe?
– Por enquanto não, eu sou só o gerente. Na tua escola não tem o aluno, o inspetor, o professor, o diretor? Então, aqui é assim também. Eu mando mais do que o inspetor, mas ainda não sou diretor.
Ele se aproxima de mim e sussurra, como se certificando de que ninguém o escute:
– Ainda.
E ri. Uma risada sombria.
Ele tenta me explicar como a sua vida, de pirueta em pirueta, foi parar naquele ponto. E a estória é tão rica de detalhes, e viragens, e personagens estranhos, que eu não tenho capacidade de acompanhá-la em todos os seus aspectos. Mas fico atento, porque sei que o que acontecer agora ficará para sempre gravado na minha memória.
Vida nova em Niterói, depois do primeiro assassinato. Soldado raso, cumpridor de ordens. Um dia, arma encostada nas costas, à traição. 'Deram golpe de Estado'.
– Como assim golpe de Estado?
– Golpe de Estado é quando o chefe vira-casaca; é quando tomam o morro sem guerra. Antigamente, crime tinha lei, palavra valia. Agora, com os velhos presos, só tem cabeça de bagre comandando fora. Mancada atrás de mancada. Nem na própria sombra dá pra confiar mais.
– Como você escapou?
– Nessa época eu já era tiroteio considerado. Mira boa, falavam que eu nasci pra guerrilheiro. E ruim igual um capeta. Aí o Nobru, que foi o chefe que virou casaca, perguntou na minha cara: 'Fala aí, Chico, vai levantar a nossa bandeira ou vai morrer?'. Se eu estou aqui hoje conversando contigo, você já sabe qual foi a minha resposta.

– *Deve ser difícil levar a vida o tempo todo assim, na ponta dos dedos.*
– *É e não é. Depois, acaba acostumando. Mas você é um professor, não precisa saber dessas coisas.*

'Você é um professor'. Ele fala isso quase que com solenidade, enchendo a boca. Como meus alunos favelados, e os favelados pais dos meus alunos, ele empresta à minha profissão uma deferência que o próprio governo, em parte alguma, reconhece.

O sol está se pondo, mas as cortinas continuam fechadas. Ele fuma um cigarro atrás do outro, o ambiente está carregado. Pergunto se posso abrir a janela, ele faz que não com a cabeça. 'Daqui a pouco, neguinho. Eu não boto a cara na rua enquanto a noite não fica da cor da minha pele'. Apesar do cordão de ouro no pescoço, apesar do poder de vida e de morte que exerce neste universo miserável que sua jurisdição abrange, ele vive enjaulado. Preso a esta favela, preso às sombras da noite, preso à própria vida que ele escolheu. Ou que séculos de uma história desgraçada prescreveram para ele.

XLV

– *Eu comecei a subir, subir. Tirei cadeia, conheci os cabeças-forte, fiz por merecer respeito. Depois que saí, só queria saber de guerra. Minha ideologia era confronto, confronto. Qualquer guerra que tinha, no Rio ou fora do Rio, me alistavam. Sobrevivi por milagre. Foi aí que eu fiz um nome no crime, virei o Chico Aço. Até que um dia, vim parar no Complexo do Alemão.*

Enquanto ele fala, eu me lembro dos meus velhos amigos. Lembro do Dudu: era como se o Sonho fosse o Dudu mais velho, um Dudu que tivesse dado certo, ou sei lá, errado. Ou o contrário: o Dudu é que era o Sonho, no caminho de virar o Chico Aço. Confuso, eu sei, confuso... Não os meus pensamentos, mundo confuso. Meus amigos de anos atrás eram punks, mas podiam ser de alguma torcida organizada também, ou pichadores, ou coisas do gênero. No fundo, é tudo igual, o mesmo gatilho sempre pronto a disparar. O problema não é o alvo, ou a justificativa, e sim que o gatilho dispare. É a explosão o que verdadeiramente importa nesta fase. Sonho parece ainda estar preso a esta fase.

Com a diferença de que a revolta dele está armada até os dentes.

– Você estava aqui na megaoperação, em 2010?
– O que que você acha?

Na pergunta retórica, o orgulho. Descubro que um tal de Granadinha, gerente do morro na época, não apareceu no momento crítico. Foi Chico Aço, então, quem tomou as necessárias providências: arma para estes, dinheiro para aqueles, esconderijos para todos. 'Os chefes saíram dentro do Caveirão, pagaram mais de milhão pro Bope, todo mundo sabe'. *E ele, soldado a quem mandaram resistir, cumpriu com desvelo as ordens.* 'Até a hora em que não tinha mais jeito'.

Seus olhos brilham com uma intensidade especial. Sinto que este é um episódio revisitado muitas e muitas vezes. Deu as ordens, assumindo toda a responsabilidade: sair cada um por si, 'no sapatinho'; *depois de uma semana, todos de volta. Joias, maços de dinheiro, armas, tudo enterrado na mata, ou enfurnado dentro de colchões, paredes, guarda-roupas. Ele, por último, saiu de terno, cabelo e barba feitos, no meio de uma festa de casamento.* 'Parece cena de filme'. 'Vai vendo, neguinho. Esse dia foi um tal de pede-pede terno, pede-pede Bíblia, que tu nem imagina'.

Uma semana entocado, em morros amigos, sem pregar os olhos. 'Amizade no crime é pra confiar desconfiando'. *No retorno, o reencontro com o Granadinha, mandando e desmandando, como se nada tivesse acontecido. E os outros de cabeça baixa, remoendo. O homem desconhecia os contatos de Chico; desconhecia que sua omissão fora relatada,* 'dentro da lógica e com todos os fundamentos', *para a cúpula. Sem detalhes, ele encurta a história, apenas dizendo do tal que* 'morreu muito feio'. *Isto é tudo, como uma página mofada sobre a qual não vale a pena se deter.*

– E depois?
– Depois, não era mais soldado. Comecei a mandar. Os outros acham que mandar é fácil, 'fulano faz isso, beltrano faz aquilo'. Que nada. Peixe miúdo, eu só tinha uma preocupação: cumprir o serviço, fosse qual fosse. Se desse errado, eu morria, mas não era o culpado. Se desse certo, era farrear, encostar a cabeça no travesseiro e dormir. Agora, não: uma ordem errada, mato eu e mato os outros. Sem falar os julgamentos. Deito e a cabeça fica girando, girando. E não é só guerra, não, tem que saber administrar, coisa mais difícil que tem. Dar ritmo pro morro, expandir a firma. Tem que fortalecer o baile, pagar os polícias, acertar com o fornecedor. Dinheiro é na ponta do lápis, tintim-por-tintim. Cobrar os errados, dar moral pros aliados, cortar na raiz a traição. No final, é tudo um comércio como outro qualquer. Se entra dinheiro na caixinha, o patrão dá tapa no teu ombro, diz que tu é irmão, e os soldados morrem por você. Se o negócio tá fraco, se o morro não dá dinheiro, já era, é falência. Mas o preço da firma quebrar aqui em cima é a minha pele.

Agora ele se refere a tudo como um mero trabalho, talvez sujo, mas necessário. Não há entusiasmo – embora suspeite que já tenha havido, em outro tempo – e tampouco remorso. Se tiver que matar, ele apertará o gatilho, com certeza, como quem cumpre uma sina. No seu mundo, a força é o argumento decisivo. Força metálica, de grana e de armas. O resto é para os fracos. Eu vejo em Sonho, ou Chico Aço, a inteligência aguda, algo melancólica, dos sobreviventes. O homem sentado à minha frente tem calos suficientes para saber que o naufrágio é uma possibilidade.

XLVI

Eu não quero posar de bom samaritano. Colocar-me na posição de julgador é bloquear qualquer possibilidade de diálogo verdadeiro. Não é, afinal, muito diferente de lidar com adolescentes. Mas acho que já posso, a esta altura, fazer uma pergunta que se impõe por si mesma:
– *Você não pensa em sair dessa vida, um dia?*
Nos seus olhos eu enxergo uma tristeza serena. De certo que uma tarde e uma noite inteiras não seriam suficientes para ele me contar toda a sua vida acidentada: suspeitava muita coisa não dita, amores, recusas, dúvidas. Deve ser difícil chegar num ponto em que não há mais retorno. Ao menos, não pelos caminhos convencionais. Mas ele não poderia inventar um caminho novo, para poder escapar por ele?
– *Uma vez, há muito tempo, eu pensei em largar tudo.*
O soldado, nem nome no crime ainda, viu a morte raspar-lhe a cabeça, levar dois companheiros queridos. Depois, imaginava, em cada esquina, uma emboscada. 'Vão me matar. Mas eu não quero morrer. Quem quer?'. Pediu autorização do chefe para resolver pendengas de

família, carregou nas tintas, inventou uma mãe sofrida. 'Pode ir', o homem falou, 'mãe é mãe. Mas, oh: não esquece o caminho de volta'. 'Esqueço, não'. Ele, que já tinha morte nas costas, falou aquilo de cabeça baixa, sabendo-se peixe pequeno. A intenção verdadeira era não voltar nunca mais.

Na Praça Arariboia, no centro de Niterói, em frente à estação das barcas, sentiu-se um completo estranho: acostumado às matas fechadas, sempre de noite, sempre de tocaia, foi pego de surpresa pela massa de gente, 'tudo civil, mulher e homem arrumados'.

– Neguinho, multidão pra mim só no baile, que o baile é a desforra do favelado: muito fogos, tiro pro alto, muito luxo. E se algum polícia me reconhecesse? E se algum inimigo?

As mulheres não reparavam naquele preto pobre fodido. No morro, com um AK no ombro, uma Glock na cintura, era outra história. Ali, só mais um rosto anônimo, opaco.

– Mas a opressão sumiu quando a barca pegou o mar...

Ele respira fundo, como se o ar puro varresse o barraco abafado, agora. 'Quando a barca pegou o mar, meu amigo... vento de rua, de liberdade!'. Na Praça XV recordou a infância, das raras vezes em que ia passear no centro da cidade. Só então notou sua roupa esfarrapada. No bolso, mil reais, num bolo de notas amassadas de dez, de vinte, de cinquenta. Entrou na primeira loja, comprou calça nova, camisa preta, boné, pulseira, não experimentou nem perguntou o preço. Queria visitar uns primos, marcar boa presença. Na Vila Vintém não poderia pisar, afinal, tinha virado a casaca. Mas, ficando pelas redondezas, depois de tanto tempo, ninguém iria notar. Feitas as compras, restaram-lhe trezentos reais. Deu-se conta de que é cara a vida no asfalto. 'Como é que alguém vive de salário? Vida de cachorro, cruz credo'. Era ou não era bandido? Era, sabia se virar. No ruim de tudo, os primos lhe descolariam um revólver. Pegou o primeiro ônibus que passou no rumo do subúrbio. Na altura do Jacarezinho, o ônibus parou. 'Fudeu, são os canas'. Aflição. Pensando bem, sem flagrante, mandado de prisão 'acho que não tinha', nada a temer. Espera. O sargento sobe no ônibus, suando em bicas dentro da pesada farda, fuzis a fuçar a cara dos outros. Vira-se para ele e para um outro rapaz, ordena:

– Os dois aí, podem descer e encostar a mão na parede.

Sonho-virando-Chico-Aço desce num instante. 'Sim, senhor'. Já puxara cadeia, ciente do proceder. O outro, não: quis bater boca. 'Por que eu?'. O policial impacienta-se: 'Obedece, porra, tá devendo?'. 'Vai me dar dura só porque eu sou preto?'. E ele não sabendo se tinha mais raiva dos policiais ou do rapaz: 'Caralho. Esse menor vai de ralo e ainda vai me levar junto'. Um tapa na cara protocolar. O rapaz quase caiu, mas, na última hora, se segurou. Crianças chorando, senhoras passando mal. Finalmente o jovem desce. Revista minuciosa, mão no saco, na bunda. Por trás, sem que os outros pudessem ver, bicudas de coturno. 'E eu só querendo gravar a cara dele: sabe como é, quem bate esquece'. O sargento manda-o embora e pede até desculpa pelo incômodo. 'Sujeito cumpridor de ordens assim só pode ser gente de bem'. Mandam o ônibus partir, sem o outro. Os passageiros, então, começam a protestar: 'E o outro rapaz?'. 'Ele pagou passagem!'.

Lá embaixo, o policial segurava uma garrafa de uísque na mão, como se um flagrante fosse. 'Roubou isso onde?'. 'Roubei não, senhor, tem nota fiscal, pode ver'. 'Parece verdadeira'. 'É verdadeira!'. 'Se levantar a voz comigo de novo te prendo por desacato, hein, mole-

que?'. Na calçada e dentro do ônibus, já tinha gente filmando. 'Covardes!'. Com a cara emburrada, o sargento pergunta ao motorista:
— Esse rapaz pagou passagem? Fala a verdade!
— Pagou, sim, senhor.
E o ônibus, já não era sem tempo, seguiu viagem. 'Falam que favelado rouba no asfalto, mas não é nada perto do que os polícias roubam na favela. Eles acham que tudo é deles, saem entrando na casa dos outros, abrindo geladeira. Pode perguntar. Na hora de pegar o arrego, não: aí vêm pianinho, perguntam até se a saúde vai bem'.
Mais um cigarro. Uma voz dura sentencia:
— Agora, me diz: eu, ralar, ganhar salário mínimo, e ainda tomar esculacho? Sai fora, nem gosto desses papos aqui perto de mim. Quando vem pastor digo logo que eu sou do candomblé, guerreiro, que eles me deixam em paz. E agora nem se eu quisesse: sou foragido em 121, 33, 157, só artigo pesado. Se me agarram, é 30 na fechada, vou ficar verde de podre na cadeia. Não quero isso pra mim, não, neguinho. Troco tiro até a penúltima bala, a última, deixo pra mim. Papo reto.

XLVII

Já é tarde da noite quando falo da Flávia. Depois de tantas horas de conversa, penso que será quase uma formalidade, que ele simplesmente vai bater no meu ombro e falar: "Tá bom".
Que nada: o homem está irredutível.
– André, com todo respeito, ela tirar o filho do VG sem pedir autorização pra ele... Como é que eu vou tirar a razão do cara? Aqui na minha favela predomina o certo. Pede o que quiser pra mim, mas isso, não.
– A garota quer fazer faculdade, Sonho, é boa aluna, engravidou por acidente. Vocês vão matar ela porque não quis ter o filho?
– Como que a minha mulher ia tirar filho meu sem a minha permissão? Você deixava isso na tua casa?
– Ela não é mulher dele, eles só ficaram, sei lá.
– Ah, tá bom. Essas meninas não mudam: na hora de tirar onda com as amigas, dizer que é mina de fé de bandido, legal; na hora do perrengue vira estudante, quer sair do morro... Conheço meu povo, André. Casos assim já vi montes. Se o VG deixasse pra lá, eu não me metia,

por mim nem faço questão, mas pra ele virou ponto de honra. Tem outra: se eu tiro a razão dele, e ainda nesse caso, vai criando discórdia. Isto aqui é um ninho de cobra só querendo motivo pra dar o bote. Vão dizer que eu agi sem fundamento, só olhei o meu lado pessoal. Amanhã, uma merdinha dessa aí cresce, vira outra coisa.
– Porra, Sonho, uma merdinha? Vocês vão matar a garota!
Estou ficando impaciente. Impaciente não, desesperado. O meu fracasso custará a vida da Flávia.
– Desculpa, não tá mais aqui quem falou. Você não é um bruto igual nós.
"Insiste, agora que ele baixou a guarda".
– Libera a garota, Sonho. Sei lá, manda ela sair do morro, toma a casa dela, avisa que não pode fazer isso. Qualquer coisa, mas não mata ela.
Ele está calado. Irredutível. Tento uma piada:
– Estou te dando um papo na lógica, Sonho.
Naquele momento extremo eu tento o recurso absurdo de uma piada.
– Papo na lógica? – *ele gargalha, alto.* – Dá pra ver que tu é mesmo professor, aprende rápido. Mas o vocabulário está no lugar errado: pela lógica daqui, que é a única que conta, o teu papo não tem lógica nenhuma.
Esbarro no Sonho negociante, e ele faz jogo duro. Percebo que o Chico Aço pode ser cruel.
Só tenho uma cartada, a última, nesta situação de vida ou morte:
– Eu te peço isso pela nossa amizade, pela minha mãe, por todas as vezes que tomamos chocolate lá em casa.
Sei que é um golpe baixo, e sei que ele sabe. Posso ouvi-lo suspirar. Tento ler os seus olhos, mas eles não me dizem nada. Imagino que, por sobrevivência, aprenderam a negacear.

Fogos rompem o silêncio. Percebo que não é festa, nem vitória, o que eles anunciam. O semblante à minha frente transmudou-se. Não é medo. Num primeiro momento era dúvida, logo, era como se ele compreendesse algo.
– Vocês têm que sair. Já.
Gritos e rajadas de metralhadora, e uma voz que comanda, como martelo:
– Já, sair já.

XLVIII

"Pelo amor de Deus, nosso senhor Jesus Cristo, livrai-nos do mal, Senhor...".
Estamos há horas internados na mata. A mulher reza, abraçada à filha, enquanto eu tento adivinhar o que está acontecendo a poucos metros daqui. Célio, encostado numa árvore, resmunga a falta que faz uma cachaça. Acho que eu também beberia qualquer coisa. Tenho uma sede atroz, e não há água, nesse purgatório.
Na escuridão, reluzem as lâmpadas dos milhares de casebres do morro, projetando sua tristeza. De vez em quando, balas traçantes riscam o céu. Uma guerra está sendo combatida aqui perto, e eu não sei o que é mais absurdo, se a própria guerra ou o fato de ninguém se dar conta dela lá embaixo.
Não me preocupo com Sonho, porque acho que ele já morreu faz tempo. Só ficou o Chico Aço, e este é sagaz. Ele me disse, quando nos despachava para a mata:
– Fica entocado, quieto, não sai por nada. Querem dar um golpe, e essas guerras dos de dentro são as piores. Não sei, mas bem pode ter tropa de tocaia na serra.

– Mas quando eu vou saber que acabou?
– Quando ficar tudo silencioso, aí é porque acabou.
Mãe e filha abraçadas, enquanto durasse o conflito, pelo menos. Isto eu arranquei dele, porque também havia mais com o que se preocupar. O depois, com dia claro, será outra história, a depender do desfecho do que se passa agora mesmo, na penumbra.

A conversa não havia terminado. A sessão foi interrompida antes do veredito, e eu não sei se quero que o meu amigo viva ou se quero que ele morra. Não é uma questão de ódio, nem de amor, nem de nada. Olho esta serra: quantos corpos aqui embaixo? Não é justo uma menina ficar enterrada aqui, para sempre. Só isso.

Agachado, torturado pela sede, devaneio. Se, pela mata, vier algum outro grupo, seja polícia seja bandido, acho difícil que nós sobrevivamos. "Sou professor", eu direi, mas quem acreditará numa sombra que diga isto num lugar como esse? Eu mesmo, se armado do outro lado, atiraria. "Professor? Pior, deve ser um dos cabeças".

Sinto saudades de casa. Como uma história que começa na zona oeste, numa rua de casas baixas, termina entre tiros num dos maiores complexos de favelas da América Latina? "Não termina, André, não termina. Deixa disso, homem. É verdade que você está tremendo, mas não é por medo: junho está começando, faz frio. Você só tem que aguentar firme. Aguentar a sede, o frio, a expectativa e o tempo".

XLXIX

– Vou embora. Vamos embora!
São três da manhã. Chegam até nós ruídos esparsos, pedaços de sons, vindos da favela. Agora a mulher quer ir embora. Por onde? Para onde? Sonho foi muito claro:
– Vocês não podem sair pela mata. É muito, muito perigoso. Está cheio de bandido acampado nessa serra, até bicho anda acautelado por aí.
Por que confiar em Sonho? E se for tudo um artifício, um engodo para nos manter aqui, amarrados à sua desdita? Bem que eu gostaria de raciocinar em linha reta, mas, penso numa coisa e, junto dela, no seu contrário; com frequência não sei o que fazer. Espero.
– Eu não vou de jeito nenhum, minha senhora – fala Célio – vou ficar bem quietinho aqui, até o dia clarear.
Olho para ele. Parece sólido como a pedra na qual está encostado. Acho que ele seria capaz de permanecer por um século assim, esperando amanhecer, só atingido pelo suadouro medonho da abstinência.
– Faz o que você quiser. Eu não vou ficar aqui pra esperar matarem a minha filha. A nossa chance é fugir, agora.

– A gente não sabe o que está acontecendo – eu intervenho –, vocês podem topar com algum bando subindo por aí.

Ouço Flávia gemer, só de pensar no que pode acontecer se ela for capturada na mata, tida como mensageira de um grupo inimigo.

– É melhor esperar mesmo, mãe. Com o dia claro, vai ficar mais fácil.

– Cala a boca, traste! – responde a mulher, e lhe dá uma bofetada na boca. – Você é culpada por esta merda, olha o que você fez!

Flávia se aquieta; sua boca sangra. Melhor eu não me meter.

Ouvimos barulho de passos, vozes não muito longe daqui. Mãe e filha agora estão abraçadas, parecem uma só pessoa. A mulher chora, baixinho. Célio resmunga, me xinga, pela milésima vez. Eu o obriguei a vir? Não. Acho que ele não deveria reclamar, porque o gesto foi bonito. A coisa mais bela que eu o vi fazer neste tempo em que convivemos. Tenho que me lembrar de lhe dizer isso quando tudo acabar.

Os passos estão mais próximos, as vozes também. Um galho se quebrou. "Puta que pariu", uma voz brageja. Pessoas cochicham. Sinto um calafrio percorrer o meu corpo. Alguém fala: "Vamos em frente". Não têm tempo para nós: preparam uma emboscada. Depois, na favela, os tiros recrudescem. A morte ronda por todos os lados.

L

O relógio está travado. Uma eternidade corre, mas ele só registra quinze minutos. Mais uma eternidade, quinze minutos. Barulhos de bichos, vento frio de madrugada. Eu acordado, com sede, matutando.

Uma coruja chirria não longe daqui. Que bom que eu não sou supersticioso.

E se Sid e Júlia tivessem se casado? Acho que eu seria padrinho do filho deles. Eu que os apresentei, é uma questão de justiça. "Vê? Eu estou falando de uma coisa que nunca existiu como se fosse o presente. Certo. Mas todo mundo faz isso de vez em quando. Uma loucura organizada, para não enlouquecer de verdade".

Sid e Júlia deram certo. Uma vez por ano eu os visito, num domingo ensolarado. Não há preocupações, apenas uma tarde bonita e cachorro-quente. Brindamos aos amigos que se foram, como Dudu, que a milícia assassinou no mesmo dia em que saiu da cadeia. Ainda em fantasia, o Dudu não tem outro futuro que não esse. Deco virou evangélico, vende biscoitos no trem. Está lá, com uma escadinha de filhos, envelhecido. Enquanto Sid e Júlia passaram os últimos dez anos nesta mesma laje, em Campo Grande, onde outrora tomávamos vinho barato e ouvíamos fitas K7, eu tive diferentes namoradas, diferentes empregos, estive com e sem dinheiro, mais ou menos engajado. Faculdade, trabalho, solidão. A permanência deles me divide: uma parte de mim me diz, num ano, que aquilo é a própria felicidade; outra parte me diz, noutro ano, que aqueles sorrisos forçados mal escondem a relação fria, a paixão que se converteu no esforço comum para pagar as contas, o hábito e nada mais.

Júlia ainda é bonita. Diabos, que mulher bonita ela se tornou! Vê-se de longe que ela é o que pulsa nesta casa. Ainda fuma: da adolescente, tudo se foi, menos o cigarro. Ela sempre diz que eu tenho que me casar; eu sempre lhe digo que ela parece minha mãe dizendo isso. Não importa quais caminhos nossos diálogos percorram, ano após ano eles sempre terminam aí.

Tolice. Sid está morto. Júlia casou com um vendedor de seguros, descasou, criou o Gabriel sozinha e mora com ele num apartamento confortável na Barra da Tijuca. Um dia, via Facebook, ela me convidou para a festa de aniversário dele. Na sua linha do tempo, as fotos mostravam sorrisos, praias lindas, passeios na neve, uma vida próspera, feliz. Mas, afinal, quem não é feliz no Facebook? Talvez só eu, que nunca posto nada, a menos quando algum aluno me acha, normalmente para agradecer por qualquer coisa – os que não gostam das aulas não escrevem, embora colegas falem de exceções nada animadoras.

Imagino que ela também pense na velha laje de vez em quando, que não existe como fato, mas existirá para sempre como uma possibilidade incompleta, irrealizada, no futuro do passado. No fim das contas, eu me arrumei, mas desisti de ir. Tive medo de não a reconhecer, tive medo de não ser reconhecido. É estranho e doloroso quando revemos pessoas que foram íntimas e que se tornaram completos estranhos, e é confuso imaginar que elas devem pensar o mesmo quando nos veem, ou quando fingem que não nos veem, ao cruzar conosco no supermercado, ou dentro do ônibus. Prefiro que seja da Júlia de antes o retrato que trago emoldurado no coração.

Lara, onde estará a essa hora? Dormindo, decerto. Amanhã ela acorda cedo para trabalhar. Ao seu lado, um homem dorme. Não, não: ela dorme sozinha, toda esparramada, na sua imensa cama de casal. Ou quem sabe ela está tomando a saideira, em algum botequim obscuro? Dela, nunca mais tive notícias. Não procurei e não quero procurar. Se a minha vida terminar hoje, ela terá sido a mulher que eu mais amei, e também, a que eu mais odiei. No dia em que ela foi embora, eu a amava; depois, cheguei em casa, dormi, acordei, saí, dormi e acordei de novo e então a odiei. Chorei amargamente enquanto a odiava. Passei os últimos anos querendo esquecê-la, até que um belo dia me dei conta de que todos têm a sua Lara, tarde ou cedo. É como uma vacina. Uma dor inevitável, que passa.

Na velha casa, descubro uma Leila com os olhos menos tristes. Carmen está sentada ao seu lado no sofá. Tornou-se mais calma, agora que o avanço sorrateiro da idade mina as suas energias. Tão diferentes, mas tão unidas. No fim das contas, elas tiveram sempre, e quase que só, uma a outra ao longo de toda a vida. Nina, passarinhando longe do ninho, queima de saudades do seu país.

Beto mendiga na Lapa, pulando de sarjeta em sarjeta. Virou o Agenor, prefeito-filósofo de rua. Ou habita um barraco miserável, planta alho e cebola nos fundos de um quintal em Belford Roxo. Desgraça, desgraças. O que me impede até mesmo de imaginar um final feliz para os meus amigos? Meus alunos querem ser médicos, engenheiros, advogados, ter nomes nas tabuletas, um dr. na frente. Disseram-lhes que isso é "ser alguém na vida". Outros, almejam virar jogadores de futebol, cantores idolatrados por outros jovens como eles. Eles conseguem pensar em finais felizes, ainda. Depois de um tempo, ouço alguém me chamar na rua: "professor". E lá vêm eles, mudados, as meninas com dois ou três filhos a tiracolo, os meninos com o cabelo raspado, a cabeça baixa, sempre mirando o chão, como que para remarcar o lugar subalterno que lhes foi assinalado. "Tá estudando?". "Professor, eu tô meio parado, sabe como é. Mas, se tudo der certo no ano que vem, eu retomo o fio da meada". Forças invisíveis bloqueiam as suas vidas, atam-nas aos mesmos lugares dos seus pais, como âncoras. Talvez as mesmas forças que bloqueiam agora, inclusive, meus pensamentos.

Venta. Quem disse que nunca faz frio no Rio de Janeiro? Incrível como se escreve e se canta sobre esta cidade, mas poucos – tão poucos – a conhecem por dentro. O Rio sem mar dos subúrbios afastados, das enchentes, da truculência, das normas sempre burladas, da desorganização e do atraso crônicos, do improviso. De algum modo essa panela de pressão parece sempre pronta a explodir, e eu vivo assim, tenso, esperando, esperando. Depois, nasce o dia, e nada. Tudo de novo. O trem não circula por causa do tiroteio. Um aluno nunca mais aparece. Água da chuva na altura dos joelhos. Crianças fuziladas, ônibus incendiados. Mas ninguém sai daqui. Como pode? Eu quero sair? Não saio. Se cada um tem seu espelho no mundo, é este o meu. A gente se equilibra e vai levando. Um dia o jogo vira, eu tenho certeza. Esta é a aposta da minha vida. Devaneio. Não meu: é a realidade que devaneia com frequência no Rio de Janeiro.

LI

– André, acorda, acorda seu desgraçado! Vamos!

Célio me sacode. Com dificuldade, abro os olhos, e é como se eles estivessem cheios de areia. Amanhece. Minha cabeça dói, a sede me flagela como uma vergasta. Tantos anos depois da morte de Sid, voltei a viver uma longa madrugada. As roupas, as companhias, o que eu levo na cabeça, tudo mudado. Mas alguma coisa aqui dentro permanece a mesma. Descemos. Na luz azulada, trânsito entre a madrugada e a manhã, os rostos de Flávia, da sua mãe e de Célio estão diferentes. Eles parecem bonecos de cera que se mexem e falam.

Na saída da mata, a praça. Num canto, o velho sofá onde, na véspera, estavam sentados os rapazes armados. Está crivado de balas e, na penumbra, distingo uma mancha enorme que parece cindi-lo ao meio. Os bancos de concreto, vazios, abandonados. Na sua base, a mesma mancha enorme, de um negrume viscoso, empoçado. O único som que escuto é o de uma TV ligada, distante.

O poste de luz, ainda aceso, aumenta o ar de desolação. A casa em que conversei com Sonho está com as telhas quebradas, as paredes furadas à bala. Um cheiro de queimado, o lusco-fusco e tudo girando na minha cabeça, bruxuleante. "Vou entrar na casa". Lá dentro, mesas e cadeiras de ponta-cabeça, papéis avulsos, embalagens de drogas espalhadas. "E Chico Aço, cadê?". Esperava encontrá-lo lá dentro ainda, senhor de si e dos demais, sentado no mesmo lugar. Absurdo. Chico Aço nunca permanece.

Um grito estridente chega dos fundos da casa. Lá, arregalo os olhos, abalado: amarrados em árvores ressequidas jazem três cadáveres. É Flávia que grita, aos pés de um dos mortos:

– Por que isso foi acontecer? Meu amor, por quê? Eu sempre te avisei, sempre...

A mulher acaricia o morto. "Meu Deus, vê se não é ele, o tal do VG". Há doze horas ele era todo músculos e força, podia ter me matado, se quisesse. Agora, danou-se. Outros dois homens balançam ao lado dele. Rasgados, dilacerados. Nas suas testas escreveram: "Judas". Misericórdia.

"Acho que temos o nosso veredito". Flávia viverá. Agora percebo que quem nos internou na mata foi Sonho, não Chico Aço. A nossa presença aqui antecipou um acerto de contas programado ou foi tudo mera coincidência? Talvez nada disso, Sonho também balouçando abonecado noutra árvore. Não, não. Creio que ele ainda respira a essa hora. Talvez até mesmo esteja nos olhando nesse instante, de algum lugar bem guardado, misturado às trevas que são a sua liberdade. Bem, tanto faz. No fundo, é só questão de tempo. De velho, neste alto de morro, ninguém morre.

Flávia chora aos pés daquele que a mataria. Sua mãe, atônita, não diz nada. Lembro-me que na casa havia água. Entro, pego uma garrafa de plástico que está no chão, limpo o gargalo com a manga da minha camisa imunda, bebo sofregamente. Meu pensamento revive, lubrificado. Urge irmos embora. O que aconteceu, aconteceu. Que se enterrem os mortos.

Vamos. As casas frágeis estão trancadas. Cheiros de sabonetes, lavandas baratas, café. Na subida, um fervo, agora, este deserto. Tiroteio a noite inteira não deixou o povo dormir. Noves fora, ninguém se espanta. A vida não para porque alguém morreu matado, que isso é por demais cotidiano.

Conforme descemos, mais pessoas engrossam a caminhada. Do meio para baixo já virou uma correnteza de gente. A maioria não repara nossa cara revirada; os que reparam fingem que não. Na lei da favela, ninguém repara nem comenta nada. No acesso do morro, a padaria já abriu, homens carregam fardos nas costas, os mototaxistas bocejam. A cidade desperta.

Pela primeira vez desde que começamos a descer, fixo a atenção nos meus companheiros de jornada.

A mulher tem a face endurecida dos que sofreram demais. Flávia vai de mãos dadas com ela, como se fosse uma criança, a boca inchada. Está em silêncio, mas uma lágrima escorre dos seus olhos. Célio caminha atrás de mim, trôpego, praguejando. Meu coração já não palpita: sinto-me aliviado, como se tivesse me libertado de alguma pesada carga durante a madrugada. Revi pessoas queridas, revi as assombrações que me atormentam, revi saudades e dúvidas. Mas elas não desceram comigo; ficaram lá no alto, amarradas numa árvore. Apesar do cansaço, não tenho sono, e não estou preso à árvore nenhuma. O sol tímido insinua continuidade. O mais difícil era suportar a noite fria. É verdade que estamos esfarrapados, com as calças rasgadas, os braços machucados. Mas atravessamos. Estamos vivos. Ao longe, um trem avança, e é como se eu pudesse senti-lo pulsar dentro de mim.

EPÍLOGO

Ele deve ter descido já, a essa hora. São e salvo, graças a... mim.
– Ô moleque, vai comprar pão pra nós!
– Já vou, patrão.
Eu sei o que é estar desse lado. O que é ser o "moleque", que tem que interromper qualquer coisa, imediatamente, para cumprir uma ordem. Sim, senhor, não, senhor. "Pode me fazer um favor?". Posso sim, mas, na verdade, eu devo, e, na verdade, se favor fosse, ainda seria mais bem pago. "Esse pretinho é obediente". "Obrigado, senhor", e saio contente pela gorjeta, abanando o rabo.
Mas o pretinho,
hoje em dia,
quem diria,
aprendeu a atirar.
Encaro uma senhora, sentada aqui, na minha frente. Café e bolo, para as minhas visitas. "Quero não, obrigada". Quer sim, quer sim. "Obrigada". Cara inchada, os olhos rasos de lágrimas. Um pedido:
– Eu sou nascida e criada aqui, sou mãe, também. Enterrei meu mais velho não tem seis meses, agora é o mais novo que não sai da boca. Eu te imploro, por favor, manda ele largar disso.

– Seu filho tem quantos anos?
– Ele só tem quinze.
– Com quinze já sabe o que faz...
– Sabe, não!

Ela fala alto – alto como só as pretas mais respeitadas do morro ousariam falar. Esta é uma face da tradição, que eu respeito, porque sou eu a outra face.

– Sabe, não, ele é um meninão.
– Meninão?
– É.
– Tá bom. Vem comigo.

Na boca, o meninão está brincando com uma pistola. Quando chego, todo mundo faz silêncio. Na hora, passa um garoto com a camiseta amarela da farmácia, pedalando uma bicicleta. Mando ele parar.

– Você ganha quanto filho?

O rapaz balbucia. Está tremendo. O pessoal da boca tenta segurar o riso.

– Tão rindo de quê? Fala, filho, numa boa.
– Cento e cinquenta.
– Por semana?
– Não senhor, por mês.

Até eu solto uma gargalhada, agora.

– Porra, você sobe e desce ladeira e o português te paga cento e cinquenta pratas por mês?
– É, mas a gorjeta é minha.

Viro pro meninão, que segura a pistola, olhando pro chão:

– Aí garoto, tua mãe está aqui. Agora decide: se quiser ir com ela, e pedalar pra ganhar cento e cinquenta por mês na farmácia, mas dormir em paz e ter a ficha limpa, vai sossegado. Mas não pode voltar nunca mais.

De um lado, a mãe, que não diz nada, nem precisa. Do outro lado, não é o dinheiro, nem a arma, nem a vingança do irmão, mas um reluzir; ainda que por algumas semanas ou meses, que diferença faz? Uma trégua nessa vida desgraçada. Eu sei o que é sentir isso. Eu posso dar isso a ele.

O André não entende. É um rapaz puro, bem intencionado, como a mulher à minha frente. Gente assim é como terra fértil; eu prefiro ser o trator.

O meninão também decidiu ser trator. Quer dizer, ele vai tentar. Terá final feliz? Difícil. Mas me mostra o final feliz para quem escolhe pedalar do outro lado.

"Filhos da puta. Monte de vagabundos. Acham que podem esculachar trabalhador desse jeito". O rapaz pensa no tempo que perdeu vendo aquela cena, na boca de fumo. E ainda o risco: mais de um conhecido morreu apenas por estar no lugar errado, na hora errada. Para a polícia, jovem, favelado, traficante, tanto faz. Tudo uma coisa só, farrapo, esterco. A camisa encharcada, de pedalar nas ladeiras, e o cesto cheio de encomendas ainda. No caminho, uma mulher rodeada de filhos pede que ele pare. "É hoje".

– Filho, você está descendo?

– Estou sim, senhora.

– Pode levar um remédio pra minha comadre, no número 118?

– Onde fica isso?

– Na rua do sacolão do Márcio.

– Fica meio fora de mão pra mim...

"Se me pararem toda hora desse jeito, não termino o serviço hoje". "Mas bem que essa senhora podia ser a mãe da Tatiane".

– Tá bom, eu levo.

– Deus te abençoe.

Ruas, quebradas, becos, vielas, e finalmente o número 118.

– Sua comadre pediu pra entregar isso aqui.

– Obrigada. Você tá todo suado! Quer um gole d'água?

– Vou aceitar, sim, senhora.

Gritaria dentro da casa. "Não vou, estou cansada!". "Vai sim! Depois de tudo, eu vou ficar no seu pé, não vai ter mais vida fácil!". A porta do barraco se abre e quem traz o copo de água são dois olhos tristes, cravados num corpo de mulher, metido em uniforme.

Olhos com olhos, parecem dialogar. "Sou comprometido". "Se enxerga, com essa camisa amarela ridícula, você não tem chance". Mas as bocas nada falam, e a bicicleta segue por um lado, enquanto o par de olhos, cravados num corpo de mulher, metido em uniforme, sai de má vontade por outro, a caminho do colégio.

Na frente da escola, ela encontra algumas amigas. "Elas não sabem o que aconteceu". Por um minuto, hesitação. "Acho melhor eu entrar". Mas, depois de tudo, passar o dia trancada entre quatro paredes, copiando no caderno, parece uma ideia pouquíssimo convidativa. "Melhor contar as novidades, amanhã, eu entro na linha".

– Amanhã, se não melhorar, eu vou num hospital.

Ele disse à diretora, que aquiesceu, e saiu. "Eu não devia ter vindo trabalhar hoje". De manhã, tudo parecia resolvido, serenado, cristalino. Agora, dor de cabeça, cansaço, calafrios. "Devo estar com febre". Em frente à escola, Flávia mata aula, conversa com as amigas. De ambos os lados, algum constrangimento, que só dura um instante, porque a cumplicidade é mais forte. Ela acena, ele acena de volta, mas segue em frente. Chega de conversas por hoje.

Antes de ir embora, é inevitável olhar para aquele alto de morro. Poderia voltar lá e terminar de fazer as perguntas ao seu velho amigo? "Não, não poderia". Ele agora está longe demais e seria arriscado procurá-lo. "Instâncias, muros, olheiros e intermediários nos separam". Sonho é passado. Como quase tudo o que nos cerca, e nos empareda, ele pertence a um mundo antigo – ele é quase a peça de um antiquário.

Igor Mendes é escritor, professor e ativista político. É um dos 23 processados, no Rio, por participar de manifestações durante a Copa em 2014. Estreou na literatura em 2017, com a publicação de *A pequena prisão* (São Paulo, n-1 edições). Tem dois ensaios políticos publicados: *Resistir é preciso* (São Paulo, n-1 edições, 2018) e *Os condenados da terra vão à guerra outra vez* (Ceará, Ensaios de Emergência – Livro 1, 2018).

© 2020 Igor Mendes

Rodrigo de Faria e Silva | editor
Diogo Medeiros | preparação
Gabriella Plantulli | revisão
Raquel Matsushita | capa e projeto gráfico
Entrelinha Design | diagramação

Dados internacionais para catalogação (CIP)

M538e Mendes, Igor
    Esta indescritível liberdade /
    Igor Mendes, – São Paulo: Faria e Silva Edições, 2020
    168 p. – Texto em transe
ISBN 978-65-81275-09-9

    1. Romance – Brasil   2. Literatura Brasileira

                      CDD B869.3
                      CDD B869

www.fariaesilva.com.br
Rua Oliveira Dias, 330
01433-030 São Paulo SP

Este livro foi composto com as tipografias Sabon e Source, no estúdio Entrelinha Design, impresso em papel pólen soft 90g, em junho de 2020.